꽃무늬 앞치마 두르고

김정아 수필집

이지출판

글쓰기는
흰머리 소녀에게 다가온
행운의 별이었다

배운다는 것은 언제나 즐거운 일이다. 새롭게 알아가는 것이 삶을 풍요롭게 하고 활기차게 만들어 준다. 그것이 오로지 나를 위한 시간일 때는 더욱 소중하다.

문화센터의 노래 교실은 불교합창단 시절을 떠올리게 했고, 댄스 교실은 뻣뻣한 몸에 윤활유를 더해 주는 것 같았다. 영어 교실에 갔을 때는 처음 영어를 배웠을 때, 자랑하고 싶어 꽃에게 영어 인사를 했던 중학생으로 돌아간 것 같았다.

학생이 되어 내가 하고 싶었던 공부만 하니까 신이 나고 바빴다. 그렇게 여러 교실을 기웃거리다가 손광성 선생님의 수필 교실에 엉거주춤 앉게 되었다. 그때는 행운의 별이 겁도 없는 흰머리 늙은이에게 손짓을 한 것이라는 생각을 하지 못했다.

여든이 다 되어 갈 무렵이었다. 강의 내용은 이해할 듯했지만 글쓰기는 어려웠다. 일찍 곁을 떠나 외국에 자리 잡고 사는 오남매에게 편지를 쓸 때는 술술 써지던 것이 막상 주제를 정하고 쓰려니 막막했다. 8·15해방 때 5학년이었으니, 국어 시간에 배웠던 것이 남은 게 없었다. 문법도 엉망이고 밤새 힘들게 쓴 글은 모두 신변잡기였다. 문우들의 글을 읽고 책도 읽으며 열심히 쓰고 또 써도 글이 되지 않았다.

　그러나 다른 사람 눈에는 엉망인 글이 내 눈에는 고칠 데가 없어 보였다. 글을 쓰는 동안은 어린 시절을 보낸 해주 용담포 바닷물이 발목에서 찰랑거리고, 경주 석굴암에 뛰어올라갈 때처럼 숨이 찼다. 결혼, 교사 생활, 아이들 키우던 일이 어제 일인 양 눈에 선했다. 그게 재미있어서 쓰고 또 쓰다 보니 2012년 12월부터 쓴 신변잡기를 묶어 책을 내게 되었다.

　나는 등단하지 않아 약력에 수필가라고 쓰지는 못한다. 그러나 수필가가 되고 싶은 마음보다 더 성숙하고 깊이 있는 글을 쓰고 싶은 바람이 더 크다. 머릿속에는 있는데 표현이 부족하여 더 쓰지 못한 것을 완성하기 위해 한 걸음씩 더 나아가고 싶다.

　나를 '흰머리 소녀'라고 부르며 힘을 실어 준 문우들과 새로운 세상을 열어 주신 스승님께 감사드린다.

2016년 8월 오티리에서

김 정 아

차례

2. 인생도 한 걸음

3. 나를 키운 용담포 바다

4. 세 개의 이름

5. 전화기가 옆에 있어도

1. 꽃무늬 앞치마 두르고

모친을 모시고 다니십니까?

나는 50대 후반부터 흰머리가 나기 시작했다. 육십
대가 되면서 흰머리 여인이 되어 친구들의 눈총을 받
고, 사람들의 입에 오르내렸다. 그러나 나는 흰머리
가 자랑스러워 어깨를 펴고 활보했다. 눈물과 한숨을 참으며 힘
들게 살아온 나에게 세월이 주는 선물이자 훈장이라 생각했다.

불교 합창단 시절, 주로 조계사 법당에서 연습을 했다. 도선사
와 여러 사찰단원이 모일 때도 훈장을 단 사람은 나 혼자였다.
연습 때마다 큰언니 대접을 받았다. 시민회관에서 공연하는 날
친구가 검은색 포마드를 칠해 주었다.

"이 친구야, 십 년은 젊어 보인다. 내일 당장 염색해라."

퉁을 주어도 웃을 뿐이었다.

합창단이 일본 공연을 가게 되었다. 단장 선생님의 충고를 받고 자의 반 타의 반으로 염색을 했다. 내 눈에는 잘 보이지 않는데, 남의 눈을 위해 번거로운 일을 하기가 싫었지만 나만 튀는 것 같아서 염색을 하게 된 것이었다. 그리고 얼마 후 염색 탓인지 시력이 나빠지기 시작하여 안경을 쓰게 되었다. 나는 코가 낮아 안경이 자꾸 내려온다.

남편이 말했다.

"당신보다 더 못생기고 코가 낮은 조영남도 안경 쓰는데…."

남편은 계속 써야 된다고 윽박질렀다. 안경과 씨름을 하다가 염색을 접고 다시 흰머리 여인이 되었다. 팔십이 넘은 나는 지금도 안경을 쓰지 않고 바느질을 하고, 몇 시간 책을 읽어도 눈이 피로하지 않다. 염색약이 시력에 영향을 주는 것일까.

그러나 흰머리 때문에 웃지 못할 얘기가 있다.

오래전 과천에서의 일이다. 남편의 통장을 들고 은행에 갔다. 젊은 담당 직원이 허리 숙여 인사하며 말했다.

"이 선생님의 모친 되십니까?"

모욕을 당한 것 같아 이를 꽉 물고 대답을 할 수 없었다. 집에 돌아와서 남편에게 소리를 질렀다.

"그 은행에 다시는 거래하지 말아요!"

며칠 전 약수터에 갔다. 길을 가면 중僧도 보고 소牛도 본다는 말이 있다. 산길에 접어드니 한 여인이 말을 걸어왔다.

"안녕하세요. 두 분 허리가 곧고 자세가 바르네요."

영감이 말을 받았다. 말동무를 만나서 신이 났다.

"아줌마는 어깨를 더 펴고, 가슴을 내밀며 걸어요."

녹음의 바다 속 약수터에는 벤치와 간이 식탁이 있고, 운동기구가 많다. 초록빛 물결에 푹 잠기어 새소리를 들으니 맑은 바람에 춤추는 햇빛이 더욱 싱그러웠다. 심호흡을 하고 벤치에 앉아 눈을 감았다. 자연의 아늑함을 깨뜨리고 남자들의 큰 목소리가 밀려왔다. 대화는 자연스레 세월호 사건을 통해 사회 비리를 성토하는 것으로 이어졌다. 영감도 슬며시 일어나 그 소리에 합세했다.

국민 전체의 의식 구조를 개선해야 한다, 매스컴은 국민을 선도할 책임을 다하지 못했다, 교육 정책을 근본적으로 바꾸어 체육과 예능 시간을 더 많이 배정하고, 도덕 교육을 강화해야 한다… 제각기 외치고 있었다.

나는 다른 벤치로 자리를 옮겨 하늘을 보고 길게 누웠다. 숲의 모든 소리들이 어우러진 자연의 화음에 깊숙이 파묻히고 싶었다.

약수터에서 물을 한 병 받아 메고 한 시간 거리의 다음 약수터까지 걸었다. 영감이 떠다주는 시원한 물을 마시며 쉬고 있었다. 그때 옆 사람이 물었다.

"영감님, 지금 몇입니까? 저는 38년생입니다."

"아이고, 38년생이면 아직 멀었군, 나는 31년생이오."

"참 정정하시군요, 여기까지 올라오시니."

영감 얼굴이 환해졌다. 모자를 벗고 땀을 훔치고 있는 나를 힐끗 쳐다보고 그 사람이 말했다.

"모친을 모시고 다니십니까?"

'눈이 빠진 놈.'

속으로 중얼거렸다. 그때 맞은편에 앉은 사람이 얼른 분위기 무마에 나섰다.

"아니, 동생을 데리고 다니시는군요."

그러고는 나에게 살짝 윙크를 보냈다.

예전엔 모친이란 말이 참을 수 없게 화가 났는데, 요새는 나이 탓인가, 새소리 물소리 살랑대는 빛과 숲속의 화음에 푹 취한 탓인가, 그런 소리를 들어도 나는 미소를 짓는다. 입으로, 마음으로, 몸 전체로 미소를 짓는다.

세상이 그때보다 한결 아름답게 보인다. 잔잔히 흐르는 물같이 마음이 평화롭다. 길 위에서 사람과 사람이 만나 어울리고 또 멀어지고, 기쁨과 슬픔도 흐르고, 산다는 것은 한바탕 웃음판이다.

돌아오는 길은 발걸음이 가벼워 흥얼흥얼 콧노래를 불렀다. 행인이 뜸하여 행진곡을 크게 부르며 걸었다. 산행 후에 먹는 순댓국밥이 더 맛있었다.

꽃무늬 앞치마 두르고

지난해 미국에 사는 아이들에게서 연락이 왔다. 내 팔순잔치를 차릴 테니 오라는 기별이었다. 젊지도 않은 나이에 장거리 여행을 한다는 것도 그렇고 해서 별로 달갑지 않았다. 그러나 미적거리다가 결국 가기로 했다. 이제 몇 번 더 갈 수 있을까도 싶고 손주들도 보고 싶고 해서 내린 결단이었다.

공항에 내리니 아이들이 그렇게 반가워할 수가 없었다. 오래전에 본 손자들도 훌쩍 커버려 길에서 만나면 몰라볼 정도였다. 어렸을 때 보았던 귀여운 모습은 없어졌지만 잘 자라준 것이 고맙고 대견했다. 늘 여행을 떠날 때면 망설이지만 결국 결행을 하고 나면 떠나길 잘했다 싶듯이 그때도 그런 심정이었다.

가 있는 동안 우리 내외는 셋째 딸네서 넷째 딸네 집으로 옮겨 다니며 융숭한 대접을 받았다. 애들도 이제 아니면 언제 다시 제대로 대접할까 하는 생각에서인 것 같았다. 그런데 계속 대접만 받는다는 것도 오래되니까 살짝 싫증이 났다. 애들 살림살이에 참견도 하고 싶고 마땅치 않은 걸 보면 옛날로 착각하고 잔소리까지 하게 되었다.

애들도 그런 나를 좋아하는 눈치가 아니었다. 이제 이렇게 뒷방 늙은이가 되는구나 하는 쓸쓸한 생각이 밀려들었다. 당연히 인정해야 할 일이라 생각하면서도 서운하고 섭섭하고 그랬다.

게다가 예쁜 그릇에 맛있는 음식을 담아내면서 활기차게 살아가는 모습을 보니 은근히 나도 얼른 집에 가서 그렇게 살고 싶다는 다소 엉뚱한 생각까지 드는 것이 아닌가. 늙은이의 마지막 심술 같기도 했지만 그런 생각이 드는 것까지 막을 수는 없었다. 난 아직 내 삶의 주인공 자리를 내려놓을 준비가 되지 않았구나 하는 생각도 들었다.

미국서 돌아온 지 며칠이 지났을 때였다. 냉장고를 정리하다가 문득 새 살림을 차리고 싶다는 생각이 들었다. 젊어서부터 아침저녁상을 차리면서 언제 이 노릇에서 졸업하나 하고 별러 왔는데, 그것과는 전혀 다른 생각에 나도 놀랐다. 얼마 전까지만 해도 부엌에서 해방된 친구들이 부럽기까지 했는데, 이 무슨 변덕인가 싶기도 했다. 하지만 한번 생각이 바뀌고 보니 다시 돌이킬 수가 없었다.

부엌에 놓인 찬장을 들여다보았다. 젊어서부터 모아 놓은 그릇들이 나를 바라보고 있었다. '우리를 이 모양으로 처박아 둘 거냐'는 항의의 눈빛 같기도 했다. 먼지가 겹겹이 쌓여 있는 그릇들. 안 되겠다 싶었다. 오랫동안 처박아 두었던 꽃무늬 앞치마를 찾아 허리에 둘렀다. 그릇들을 하나씩 꺼내기 시작했다.

은은한 향기로 아침을 깨우던 영국제 찻잔, 빨간 딸기 그림이 예쁜 접시들, 가지런히 놓아 둔 은수저 세트, 뚜껑이 있는 밥주발들. 나는 그것들을 외출시켰다. 식탁엔 식탁보도 깔았다. 그런 다음 음식 담은 접시들을 가지런히 놓았다. 구수한 냄새. 훈훈한 김이 피어오르는 음식들. 이런 때 술이 빠질 수는 없는 일. 몇 년째 입만 벌리고 지내는 크리스털 양주잔도 불러냈다. 그리고 호박빛이 은은한 조니워커를 따랐다.

영감을 불렀다.

"오늘은 신선한 샐러드와 감자 수프 대령이오."

생기 없이 누워 있던 영감의 얼굴에 놀라움이 번졌다.

"아니, 애들네 갔다 오더니 노망났나? 안 하던 짓을 하니…."

걱정스런 눈빛으로 날 쳐다보는 것이었다. 하지만 내친김에 안 하던 짓까지 했다.

"영감, 나 어때요? 아직 괜찮지 않아요?"

영감이 당황스런 모습으로 위아래를 훑어보더니 그 입에서 생기 없는 대답이 마지못해 새어 나왔다.

"응, 보기 좋은데…."

그런 맥빠진 반응을 기대한 건 아니지만 어쩌겠는가. 그동안 잃어버린 생기를 하루아침에 회복할 순 없을 터. 그를 내 페이스로 달리게 하기에는 시간이 필요하리라 싶었다. 한 발자국씩 나아가다 보면 언젠가 그도 나처럼 될 것이 틀림없으리라. 내가 젊어지면 그도 젊어질 테니까.

그런 일이 있은 후부터 나는 웬만하면 친구들의 초대도 사양한다. 젊어지기 위해선 몸도 마음도 바쁘니까. 창문 유리도 가구도 그릇도 젊었을 때처럼 윤이 나게 닦아야 하고 옷도 정리하고 수선해야 하니까. 하루하루가 젊었을 때처럼 바쁠 수밖에 없다.

그런 나를 보고 친구들이 나무란다. 둘이 사는 살림이 뭐가 그리 바쁘냐는 것이다. 몰라서 하는 소리다. 어찌 그들에게 변해 버린 나를 다 설명할 수 있겠는가? 그저 웃음으로 대신할 뿐이다.

나는 오늘도 바쁘다. 만찬에 누굴 초대할 것인지, 초대한다면 그 사람의 취향이 무엇인지, 그리고 거기에 맞추려면 식탁 세팅은 어떻게 해야 하는지. 어떤 그릇을 사용하고 어떻게 배치할 것이며 냅킨 컬러는 핑크로 할까, 아니면 블루로 할까? 와인은 어떤 종류를 할 것인가. 이런 걸 생각하다 보면 하루가 냇물처럼, 아니 노래처럼 저만치 흘러가고 있다.

이렇게 살다 보니 내가 요새 깨달은 게 하나 있다. 행복이란 별 것이 아니라는 사실이다. 스테이크 한 접시, 와인 한 잔, 조금 화사한 옷 한 벌, 창문을 스치는 신선한 바람 한 줄금 같은 그런 것이라고. 누가 날 팔십 늙은이라고 말하는가. 그놈의 나이 반 토막 툭 잘라 버리면 난 이제 겨우 마흔한 살. 꽃무늬 앞치마를 두르고 새 살림을 시작하기에 별로 늦은 나이는 아니지 않는가?

자연은 나의 학교

닭장 같은 고층 아파트에 살고 있다. 흙을 만나러 아침마다 뒷산에 간다.

'이 다리를 건너는 시민 여러분에게 건강을 드립니다.'

돌에 새겨진 글을 읽는다. 작은 돌다리를 건너면 바로 오르막길이다. 나무 계단이 이어져 있지만 구불구불한 돌계단이 대부분이다. 울퉁불퉁하고 경사가 심한 길에는 밧줄 난간도 있다.

줄잡아 십오 분은 걸어야 쉼터가 나온다. 숨이 턱까지 차오르면 길옆 큰 소나무에 머리와 등, 허리를 기대고 숨을 고른다. 나무에게 인사를 건넨다. 물을 길어 올리는 소리가 들리는 것 같다. 멀고 깊은 곳으로부터 달려온 생명의 움직임은 숭고하고 경이롭다.

눈을 감으면 숲 전체가 하나의 리듬으로 울려 퍼지는 듯하다. 내 숨소리도 그 소리와 하나가 된다. 숲이, 마을이, 세계가 한목소리로 진동하고 나도 그 진동 속에 흡수된다. 순간 나라는 존재는 무화無化되고 만다.

숨을 고르고 다시 걸으면 운동기구와 벤치가 나온다. 첫 번째 쉬는 곳이다. 내 지정석에 앉아 나무에 등을 대고 운동하는 사람들을 둘러본다. 푸른 숲속에 푹 안겨 몸을 이리저리 움직이는 것이 마치 솟아오르는 온천물에 잠겨 있는 듯 행복한 얼굴들이다. 얼마나 축복받은 사람들인가. 바라보는 나도 덩달아 힘이 솟고 웃음이 피어난다. 그러나 오래 쉴 수는 없다. 모기들의 아침 식사 시간이라 서둘러 털고 일어나야 한다.

땀을 훔치고 빠른 걸음으로 걸어도 뒤에 오는 사람들이 앞질러 지나간다. 앞에서 마스크를 낀 여인들이 얘기를 하며 내려온다. 이 맑은 곳에서 공기를 걸러서 마셔야 되는가. 자연에 반기를 들고 시위하는 군중같이 보기 흉하다.

또 한 소대는 가면을 쓰고 가장행렬을 하는 것 같다. 요즘 유행하는 마스크인 듯 얼굴을 다 가리고 코는 뾰족하고 입만 벌어진 것이 동물 모양 같다. 거기에 선글라스, 등산모, 긴팔 옷에 장갑까지 갖추고 스틱도 두 개씩 짚고 걷는다. 이 신선한 공기와 이른 아침의 시원한 바람, 한없이 고마운 햇빛마저 거부하면서 산행을 하고 있다. 나무가 우거진 짙은 그늘에서 왜 중무장을 하는 걸까. 젊고 아름다운 모습을 왜 감출까.

보기 싫다. 자연에게 미안한 생각이 들어 나는 몸 둘 바를 모른다. 그러나 자연은 어머니의 마음으로 화를 내지 않고 따뜻한 마음으로 못나고 어리석은 아이가 언젠가는 철이 들겠지 하며 웃을 것 같다. 철부지 중에는 반바지에 러닝셔츠 차림도 있고, 바로 에베레스트에 오를 것처럼 무거운 배낭으로 중무장을 하기도 하고, 또 음악을 크게 틀고 다니거나 개를 데리고 나온 사람도 있다.

산책길에도 인생을 배워 가는 넓은 학교가 있는 것이다. 남녀노소 누구나 자연을 사랑하고 자연의 섭리와 질서에 순응하는 것을 가르치는 큰 교실이다.

내 앞에 지팡이를 짚고 가는 아저씨가 보인다. 자신이 병을 앓고 있다고 말했던 사람이다. 며칠 전에 알게 된 새로운 쉼터를 알려 줘야지 생각하며 빨리 걷는다고 걸어도 거리는 좀처럼 좁혀지지 않는다. 혼자서 쉼터로 가는 샛길에 들어선다. 큰 소나무 사이사이에 자란 잡목들이 어우러져서 푸른 터널로 이어져 있다. 좁은 오솔길은 솔잎이 깔려 있어 폭신하다.

쉼터에 도착하자 검둥개를 앞세운 여인이 웃으며 반긴다. 얼굴과 목까지 가리고 모자를 눌러쓴 모습이다. 무슨 피부병 환자인가 생각하는데 모자를 벗으며 내미는 얼굴을 보니 우리 아파트 같은 라인의 젊은 엄마다. 나도 모르게 말이 툭 나온다.

"목까지 가리고 덥지 않아요?"

"필드에 나갈 때 이렇게 해요. 괜찮아요."

나는 속으로 혀를 찬다. 저런 모양으로 필드에 서다니, 필드에 나가본 적이 없어도 웃음이 나온다.

나는 짧은 소매 옷에 양말도 신지 않는다. 친구와 같이 올 때는 신을 벗고 맨발로 걷기도 한다. 균형감각을 잃지 않으려고 스틱도 짚지 않는다. 몸에 걸친 것들을 버릴수록 자연과 하나가 되기 때문이다.

새 쉼터에서 한참을 쉬고 있는데, 이곳을 알려 주고 싶었던 아저씨가 온다. 그 사람이 말한다.

"먼저 오셨군요. 여기가 조용하고 좋습니다."

매일 이곳에서 맨손체조를 하고 쉬어 간다고 자랑한다. 아저씨가 새 쉼터를 먼저 알고 있었던 것이다. 연달아 아는 얼굴들이 지나간다. 나 혼자만의 비밀 장소로 하고 싶었는데 공개된 장소라서 아쉽기만 하다.

사람들이 즐겨 찾는 이 길은 사방이 고층 아파트에 둘러싸인 길고 야트막한 작은 언덕이다. 그 많은 아파트 창문이 눈을 부릅뜨고 산을 바라보고 있으니 아늑하고 비밀스런 장소가 있겠는가.

"안녕하세요" "오늘은 늦으셨네요" "빨리 오셨네요" 하는 명랑한 목소리가 아침 안개 속에 울려 퍼진다. 어깨를 스치면 눈웃음을 보낸다. 나는 좁은 길에서는 오른쪽으로 비켜서서 한참 어린 학생들을 바라보는 시선으로 인사를 받는다. 산책길 학교에서는 상급반 학생이다. 사람의 훈기가 풍기는 산책길은 언제나 즐겁고 흥거운 인생 학교다.

오티리 왕국의 여왕을 꿈꾸며

'축하드립니다. 20년만 더 우리랑 같이 계셔 줘용, 아빠.'

아버지 생신날 아침에 셋째 딸이 카톡으로 보낸 글이다. 나도 카톡에 답글을 올렸다.

'알았다. 그래, 20년 재미있게 살아보자. 파이팅! 아빠, 엄마.'

우울하던 마음이 펑 소리를 내며 웃음이 터져 나왔다.

남편은 딸하고 대화할 때마다 '아버지가 편한 곳으로 갈 수 있게 해 달라'는 기도를 당부하곤 했다. 그러던 사람이 20년 더 같이 살자는 메시지를 보고는 무척 흐뭇한 표정을 지었다. 미국에 있어 케이크에 촛불을 밝혀 주진 못해도 한 줄의 축하 인사로 큰 선물을 한 것이다.

셋째 딸은 재치 있고 여성스러우며 딸 중에서 제일 예쁘다. 우리에게 언제나 잘 지내고 있다는 말로 어려움을 감추고 행복한 척한다. 남편이 제일 좋아하는 딸이다.

오래전 처음으로 미국행 비행기를 탔을 때였다. 뉴욕대학교에 가는 딸과 동행한 길이었다. 이렇게 예쁜 아이를 무지하고 예의 범절도 모르는 서양인들 사이에 두고 돌아올 생각을 하니 기내식도 맛이 없어 먹지 못했다.

그러나 막상 뉴욕의 전철에는 눈이 번쩍 뜨이는 늘씬하고 조각 같은 미인들이 많았다. '후우' 하고 가슴을 쓸어내렸다. 키 작은 동양 여자에게 눈길을 줄 사람도 없을 것이고, 게임도 되지 않을 것 같아 마음이 놓였던 것이다. 나는 그때까지 우물 안 개구리였다. 서양인들에 대한 편견이 심했던 것이다.

그 후 딸은 그곳에 계속 살고 있지만 항상 돌아오고 싶어 한다. 아이들 교육문제에서 해방되면 모두 돌아오기를 바란다고 했다. 셋째는 귀국하면 새소리가 들리는 곳에 넓은 작업실을 갖고 싶어 여러 가지 준비를 하고 있다. 큰딸도 하던 일을 접고 집을 처분한 후 귀국 준비 중이라고 했다. 지금 미국에 살고 있는 아이들은 언젠가는 모두 한국으로 돌아올 것이다.

20년을 같이 살자는 딸의 한마디에 우리 부부는 전에는 가능성이 없다고 접어 버린 옛 계획을 다시 검토해 보기로 했다.

우리는 농장을 갖고 있다. 삼분의 일은 산이고 산등선 가운데 넓은 평지가 농장이다. 들어오는 입구에는 큰 창고와 비닐하우스 관리인 집이 있다. 농장보다 조금 높은 곳에 동향으로 앉아 있는 한옥이 우리 집이다. 차 소리가 들리지 않는 산속이다.

마을 이름은 '오티리'. 다섯 개의 높은 고개가 있는 동네라는 뜻이다. 옛날 횃불을 올리던 봉화대가 산 정상에 있고 지금은 그 옆에 철탑이 서 있다. 마을 입구에는 '슬로 시티 지정 마을'이란 큰 현수막이 붙어 있다.

하나둘 아이들이 돌아오면 말 그대로 슬로 시티를 이루게 되지 않을까. 아이들은 자기 스타일에 맞는 집을 짓고 함께 살게 될 것이다. 나무와 구름, 바람과 더불어 흙냄새를 맡으며 오랜 여정에 지친 몸을 내려놓으리라.

나는 이 집 저 집 살림 참견도 하고 텃밭 만들기 시범을 보이느라 바쁘게 돌아다닐 것이다. 할 일이 많아 잠시도 쉴 틈이 없을지도 모른다.

우리의 첫째 계획은 땅 경계를 따라 둘레에 산책로를 만드는 일이다. 며칠 전 문우들과 제주도 바닷가 올레길을 걸으면서 농장 산책로를 구상해 보았다.

현재 있는 길을 정비하고 곳곳에 쉼터와 벤치를 설치하고 야생화 군락지와 나무에 이름표도 붙인다. 경사진 곳에는 줄 난간을 만들어 미끄러지지 않게 안전장치를 한다. 큰 나무를 베어 경사진 곳곳에 나무 계단을 만들면 천천히 걸어 한 시간이면 산책로를 한 바퀴 돌게 된다. 산 정상 나무 그늘에는 낮잠을 자거나 책을 읽고 글도 쓸 수 있는 아담한 쉼터를 만들 생각이다. 그곳에서 오랜만에 찾아온 친구들과 수다를 떨며 누워 뒹굴 것이다.

두 번째 계획은 우물 옆 평지에 넓은 연못을 만들어 연꽃을 심는 것이다. 예전에는 작은 웅덩이에 연을 심었는데 지금은 돌미나리만 무성하다. 우물은 사시사철 마르지 않는 깊은 샘이다. 동네 어른 말에 의하면 명주실 타래를 드리워도 물속 깊이를 가늠할 수 없었다고 한다. 물이 차고 물맛이 좋아서 예전에는 인근 동네에서 물을 길러 오는 사람이 줄을 섰단다. 우리는 한때 샘물 성분을 검사하여 물장사를 해 볼까 생각을 한 적도 있었으나 이제는 돈벌이에는 별 관심이 없다.

넓은 평지에는 수영장과 탈의실, 스파장을 만들고, 쉼터와 바비큐장도 설치하련다. 특히 스파장을 최신 모델로 만들어 따뜻한 물에 편안히 누워 푸른 산과 흐르는 구름을 바라볼 수 있게 할 계획이다.

몇 년 전 마을에 상수도가 들어왔을 때 남편이 수영장을 만든다고 땅속으로 관을 묻고 모든 준비를 하였다. 그때는 내가 완강히 반대했다. 남편과 크게 싸우고 소리 지르고 법석을 떨었다.

아이들도 없는데 두 사람이 무슨 재미로 수영하겠냐며 일하러 온 일꾼들은 돌려보냈다. 지금 생각하니 후회스럽다. 멀리 내다보지를 못한 것이다. 그때는 앞으로 20년 계획을 세울 것이란 생각은 하지 못했다.

아이들이 하나둘 돌아오면 농장은 작은 마을로 변하고 그곳은 우리만의 왕국이 될 것이다. 나는 오티리 왕국의 여왕이 되는 것이다.

둘째 딸은 친구와 같이 살고 싶어 자기 몫의 땅을 친구에게 나누어 준다고 한다. 땅은 많이 남는다. 아이들 친구나 사촌들에게도 분양해서 전원생활에 동참시켜도 좋을 것이다.

몇 년 후 열두 명의 손자들이 하나둘 돌아올 때는 더 큰 마을이 되겠지. 그때쯤 왕국의 영토가 커져서 통치할 영역이 넓어지면 나는 여왕 자리에서 물러나리라. 큰딸에게 그 자리를 물려줄 생각이다. 큰 소나무 밑에 솟아나는 송이버섯과, 약간 높은 둔덕 음지에 뿌려 둔 인삼 관리권도 새 여왕에게 주련다.

나의 '한겨울밤의 꿈'은 점점 더 커져 간다.

누가 묻는다면 나는 말할 것이다.

"왜, 꿈도 못 꾸니?"

20년 후라야 내 나이 겨우 백 살 조금 더 지났을 때인데, 꿈꾸기에 늦은 나이라고 누가 토를 달 것인가, 감히 오티리 여왕에게.

눈 오는 날의 산책

하루 중 가장 따뜻한 낮 시간에 길동무와 개울가 보행자 도로를 걸었다.

눈이 온 다음 날부터 늘 가던 뒷산에는 가지 않았다. 대신 개울 쪽으로 발길을 돌렸다. 발밑에서 들리는 눈 밟는 소리, 온몸에 울리는 흰 눈의 파도…. 그 파도에, 너울너울 한 걸음씩 천천히 걷는다.

오고 가는 행인들은 큰 잔치에 초대된 손님들이다. 몸과 마음이 흥겨워 흐뭇한 표정으로 하얀 눈 위에 도장을 꾹꾹 찍으면서 눈웃음을 주고받는다. 한 사람이 미끄러지려 하면 조심하라는 말이 절로 나오고, 뒤뚱대다 바로 서는 것을 보면 소리 내어 웃으며 지나간다.

이 개울은 광교산 중턱에서 시작하여 수지 시내를 휘감아 수지천이 되고 멀리 분당에 이르러 탄천이 된다. 집 앞 개울에서 길은 서쪽으로는 아파트 단지 끝, 준고속도로 아래까지 이어진다. 우리는 서쪽 길 끝까지 가서 언덕에 있는 나무 벤치에서 숨을 고른다.

나는 "앞 광교산을 넘어 형제봉까지 가보자, 이 정도 눈이면 갈 수 있다"고 고집을 부리고, 길동무는 "갈 수 없다"며 말씨름을 한다. 꼭 한 번 형제봉까지 가보고 싶은데 아직까지 가지 못했다. 다음에는 길동무를 떼어 버리고 다른 일행과 가야지 다짐해 본다. 집 앞 개울에서 동쪽 죽전 전철역까지만 가기로 한다. 더 가면 탄천이다.

돌아올 때는 아름다운 소하천 다리 기둥에 장갑을 벗고 탁탁 손도장을 찍으며 "안녕, 내일 또 봐" 인사를 한다. 오리 가족이 눈 내린 후에 더 많이 보인다. 장갑 낀 손끝이 시릴 정도의 추위에도 개울물 속에서 헤엄치며 놀고 있다. 어제는 두루미 두 마리가 날고 있었는데, 오늘은 열두 마리가 군락을 이루어 놀고 있다. 보행자들이 모두 걸음을 멈추었다. 소하천 물이 깨끗해졌는가. 먹이가 많아졌는가. 큰 축제날이다.

사람들이 많이 지나간 길 가운데는 얼음판이다. 눈이 많이 쌓여 있어 조심조심 걷는다. 미끄러지지 않으려고 양쪽 가장자리만 밟으며 천천히 다리에 힘을 준다. 눈이 내리기 전보다 걷는 시간이 삼십 분에서 한 시간 정도 길어진다. 그러나 젊은이들은 보폭도 당당하게 미끄러운 길 가운데를 빠르게 잘도 걷는다. 휙 지나가는 이들을 부러운 마음으로 바라본다. 두 젊은이가 이야기를 하며 지나간다.

"오십 년 후에는 우리나라에 눈이 없어진대. 기후가 점점 따뜻해져서."

"그땐 아열대 지역이 되어 열대과일이 흔해진다잖아."

'추운 겨울에도 흰 눈 위를 걸을 수 없다고? 그런 날이 정말 온다고?'

순간 나는 멍하니 눈 위에 서서 움직일 수가 없었다. 나는 눈 오는 겨울날을 좋아한다. 눈은 벌거벗은 나무에 솜옷을 해 입히고, 하룻밤 사이에 바위투성이 관악산을 폭신한 솜이불로 덮어 준다.

맏손녀가 초등학생 때 종종 손잡고 집으로 돌아올 때면 눈 덮인 관악산을 바라보고 손녀에게 자랑했다.

"선화야, 저 산은 할머니 산이다. 참 크지?"

"그 위에 있는 하늘도 할머니 거야?"

"응, 하늘과 흰 구름도 다 할머니 거야."

"야, 좋다. 할머니 것은 내 것도 되지?"

"그럼."

온 세상이 하얀 천지가 되면 내가 이런 세상을 만든 것 같은 착각에 나는 설국의 주인이 되곤 한다. 내가 모두들 편안하고 따뜻하게 쉴 수 있게 폭신한 이불을 덮어 주었다고….

내가 예쁘다, 참 좋다 하면 구름도 산도 나무도 꽃도 다 내 것이 된다.

지나간 옛일을 생각하며 앞서 걷고 있는 길동무에게 말을 걸었다.

"여보, 오십 년 후에는 눈을 볼 수 없다고 하네요. 눈을 밟으며 걷는 재미도 느낄 수 없대요."

길동무가 걸음을 멈추고 서서 응수했다.

"당신은 50년 후에도 여기 있을 거야? 궁금하면 그때까지 살아서 확인해 봐요."

우리는 서로 쳐다보며 웃는다.

그러나 힘이 빠진다. 뽀드득뽀드득 소리를 들으며 개울가 산책길을 걷는 게 겨울 한때의 즐거움이 아닌가. 얼마나 아름다운 풍경인가.

문득 까마득하게 희미해진 어릴 적 살던 곳이 그립다.

해방이 되던 국민학교 5학년 때까지 나는 만주 왕천에서 살았다. 왕천은 두만강을 건너 연길에서 가까운 작은 도시다. 그곳은

9월 중순부터 다음 해 4월까지 눈이 녹지 않는다. 눈이 쌓여 두꺼워진 얼음길을 삥따꿀라* 장사는 긴 장대 양끝에 과자통을 달고 딸랑이 종을 흔들며 비뚤비뚤 걸었다. 우리는 두툼한 솜모자와 솜버버리장갑을, 더 추운 날에는 두툼한 토시를 끼고 학교에 다녔다. 솜모자는 어깨와 등을 덮고 코와 입을 가리고 눈만 빼꼼히 보이는 따뜻한 모자다. 교실에 들어가 모자를 벗으면 앞머리 카락에 고드름이 하얗게 매달려 손으로 뜯어내고 난로 앞에서 훔쳐냈다.

넓은 운동장은 몇 개월 동안 설원으로 변했다. 교문에서 오른쪽 왼쪽 가장자리를 돌아서 교실에 들어갔다. 어쩌다 큰 아이들이 넓은 설원에서 눈을 뭉쳐 던지기 놀이를 할 때도 있고, 선생님 구령에 맞춰 뛰기도 했다. 그러나 다음 날이면 발자국을 볼 수 없었다. 지금도 그 운동장에는 눈이 많이 쌓여 있을 것이다.

그때는 매일 얼음 위를 걸어 다니니 손과 발에 동상이 생겼다. 따뜻한 이불 속에 넣으면 아프고 가려워서 징징거렸다. 언니와 나는 두부공장 홈통에서 김이 무럭무럭 나는 간수를 큰 주전자에 받아왔다. 놋대야에 붓고 손과 발을 넣고 매일 저녁 주물렀다. 그래도 아프고 가려워서 하기 싫었다. '꼭꼭 주물러야 얼음이

---

* 삥따꿀라 : 산사과 비슷한 작은 과일에 투명한 엿을 묻혀서 얼린 얼음과자

빠진다' 하던 엄마의 목소리가 지금도 들린다. 눈을 부릅뜨고 감시하던 모습도 보인다.

지구가 점점 더워진다는 사실은 알고 있다. 사계절이 뚜렷하고 삼한사온이 분명하던 예전에는 '물 좋고 공기 맑은 금수강산'이란 말을 듣기만 하여도 가슴이 두근거렸다. 그러나 지금은 다르다.

지금도 미국 로스앤젤레스에 사는 손주들은 겨울이 되면 "할머니, 한국에는 눈이 오지요? 여기는 눈이 없어요. 가고 싶어요" 하며 속상해한다.

"그래, 언니랑 잠깐 와서 눈 구경 하자."

대답은 그렇게 하면서도 그게 언제 이루어질지, 나도 마음이 짠해진다.

미국은 여름방학은 두 달이 넘고 겨울방학은 두 주일밖에 되지 않아 더운 여름에만 아이들이 온다. 손주와 손잡고 눈 위를 걷고 미끄럼도 타면 얼마나 좋을까?

겨울은 점점 따뜻해지는데 아이들 그림자도 보이지 않고 눈을 밟으며 걷는 날도 점점 줄어들 것이다. 아이들의 몫까지 걷는 기분으로 걷는다.

며칠 동안 봄날같이 따뜻해지자 눈이 다 녹아 버린 보행자 도로는 물로 씻은 듯 깨끗해져서 걷는 재미가 반감했다.

어제 오후였다. 눈이 온다는 예보가 있었는가, 눈이 펑펑 내렸
다. 주먹만 한 눈송이가 바람결에 사선으로 쏟아졌다.

"눈이 와요, 나갑시다."

영감에게 크게 소리 지르고 옷을 차려입고 먼저 나섰다. 눈
내리는 거리는 흥겨운 파티장이었다. 이 거대한 파티에 참석한
사람은 우리 두 사람뿐, 신이 났다.

시계 소리

밖은 30도가 넘는 불볕더위다. 시원한 마루에 앉아 나물을 다듬는데 괘종시계 치는 소리가 늙은이의 쉰 목소리처럼 힘없이 들린다. 언덕을 오르다가 더는 못 가겠다고 투정 부리는 소리 같다. 그때 아득히 먼 곳에서 아이들의 초롱초롱한 노랫소리가 들리는 듯하다.

'시계는 아침부터 똑딱똑딱, 시계는 아침부터 똑딱똑딱, 쉬지 않고 가지요…'

실제 밖에서 들리는 소리인지, 기억 속의 우리 아이들이 부르던 노래인지 구분이 가지 않는다. 나는 무심코 속으로 따라 부른다.

옆에 앉아 있는 영감에게 말을 건다.

"점심 먹읍시다."

"하루하루 사는 것이 고역이다. 사는 목적이 먹는 것인가?"

"그래도 먹어야 살지. 조금 먹읍시다."

나는 두 손으로 바닥을 짚고 천천히 일어난다. 일어나서 첫 걸음은 두 박자 쉬고 걷는다. 층계를 오르고 내릴 때도 손잡이에 의지한다.

그래도 늙음이 얼마나 좋은가. 한낮의 무더위에 시달리며 일을 하지 않아도 되고, 새벽잠을 설치고 일어나 서둘러 출근 준비를 하지 않아도 된다. 조간신문을 느긋하게 첫 장부터 끝까지 읽고, 가끔 영감과 별 것도 아닌 테마로 말씨름도 한다. 공감할 때보다 의견이 다를 때가 더 많다. 나는 칼럼을 스크랩하고 필사하기도 한다.

유행 따라 새 옷을 사고 새 가구를 찾으러 쇼핑센터를 헤매지도 않는다. 국내여행, 해외여행도 모두 접고 한가하게 편안한 소파에 앉아서 텔레비전에서 방영하는 여행길에 오른다. 전에 가본 곳도 다시 가보고 오지여행도 즐긴다.

지금 우리 늙은이는 터벅터벅 걸어온 길 끝 풀밭에 앉아 있다. 태양과 바람, 떠도는 구름을 벗 삼아 쉬고 있는 것이다. 천천히 걸어온 길을 뒤돌아본다. 한때는 마하무드라mahamudra, 인도의 명상과 신비의 노래를 부르고, 미라래빠milarapa, 히말라야의 성자를 따라다니기도 하고, 명상센터에서 몇 시간씩 앉아 명상에 들기도 하였다.

그러나 얻은 것은 없고 빈손이다. 또 앞으로 나아갈 길도 바라본다. 죽음을 바라보는 것이다. 죽음의 순간에 우리는 아마도 새로운 세계로 다시 보내질 것이다.

얼마 전 배가 많이 아파서 며칠을 연달아 병원 문을 두드렸다. 환자들은 옆 사람과 눈인사도 하지 않고 심각한 얼굴로 앉아 있었다. 말을 건네고 싶었으나 꾹 참고 내 차례를 기다렸다. 흥겨운 노래 가사를 생각해도 점점 우울해졌다.

친구들 모임은 언제부턴가 아프다고 하소연하는 모임으로 변했다. 자꾸 아프다고 하는 것은 자기 무능을 은폐하려는 열등감이라는 심리학자의 말도 있다. 그러나 고독한 늙은이들은 관심을 얻고 싶어 한다. 궁핍한 마음의 몸부림인 것이다. 그때마다 나는 친구들에게 퉁을 주곤 했다.

"야, 아파야 죽지, 아프지 않고 죽을 수 있니?"

그런데 이젠 내가 그 말을 듣게 되었다.

일상생활에 어디선가 희뿌연 안개가 몰려오기 시작한다. 몸이 정신을 지배하는가? 마음이 어떻게 몸의 지배를 받게 될까? 밥이 먹기 싫어 먹지 않으니 전신에 힘이 없어지고 마음이 우울해진다. 지금까지는 유순한 하인같이 잘 따라주던 몸뚱이가 주인 노릇을 하고 있다.

죽을 날이 가까워진 것이다. 어떻게 죽을 준비를 할까? 불교도 들처럼 매일 아침 '오늘이 내가 죽을 날입니까?' 물어볼까? 그리고 나는 준비가 되었나, 해야 할 일을 제대로 하고 있나, 나에게 물어볼까?

짙은 안개 속에 빛이 보이기 시작한다. 그 빛 속에 나의 장례식장이 보인다. 여러 번 가본 다른 집 식장과 비슷하다. 영정사진과 꽃, 촛불, 향 그리고 모두 침울한 얼굴들, 어느덧 중년을 넘긴 아들딸이 보인다. 웃으며 인사도 하지 않고 입을 다물고 앉아 있다. 보기 싫다.

차라리 생의 문턱을 넘기 전, 어느 하루 모두 모이게 하여 잔치를 하고 싶다. 아들과 딸들, 그리고 마음이 통하는 친지 몇 사람을 초대해서 살아 있는 장례식을 하면 어떨까? 서로 마음 갈피에 숨겨 두고 하지 못한 말을 모두 털어 버리면 어떨까? 멋진 생각과 살아오며 터득한 지혜를 나누고, 자기 자랑도 하고, 언젠가 서운했던 마음도 열어 보이면 어떨까? 장기자랑도 하고 애창곡도 한 곡 부르면 더욱 좋을 것이다. 살아 있는 장례식에 초대할 사람들을 생각해 본다.

죽음을 생각할 때마다 영화 〈아라비아의 로렌스〉의 마지막 장면이 떠오른다. 광대한 사막을 건너고 아름다운 자연과 더불어 힘든 임무를 모두 마친 로렌스는 혼자서 빈손으로 끝없는 사막으로 멀어져 간다. 점점 작아져 점 하나로 사라진다. 나는 그때부터 죽음은 그 멋있는 영화의 끝 장면 같으리란 확신을 가지고 죽음과 친해지게 되었다. 우주의 어머니가 주신 몸생명이 한 점 먼지가 되어 다시 우주로 돌아가는 것이 죽음일 거라고….

나는 지금 광활한 우주사막으로 휘적휘적 걸어가고 있는 중이다. 가서 소꿉놀이가 재미있었다고 말하고 싶다. 땡땡 쉰 목소리로 시계가 치고 있다. 한 걸음 한 걸음 언젠가는 사라질 작은 점으로 가고 있다.

전자 카네이션

"엄마, 내가 오빠 언니들보다 먼저 보냈지?"

저희 집 거실 탁자 위에 올려놓은 카네이션 화분을 찍어 카톡으로 보내고, 화상 통화를 하면서 막내딸이 하는 말이다.

"엄마, 아빠, 건강하세요."

연달아 인사말을 곁들인 꽃다발 사진이 줄줄이 올라왔다. 어버이날이었다. 아이들이 모두 외국에 살고 있어 전자 카네이션 꽃다발이 날아온 것이다.

아이들이 어렸을 때는 학교에서 색종이로 만들어 달아 주던 카네이션 꽃이었다. 처음 종이꽃을 달았을 때는 훈장 같았다. 아이들이 엄마의 노고를 알아주는 것 같아 흐뭇하고 기뻤다. 그 종이

꽃을 며칠씩 달고 다녔다. 어버이날 카네이션은 종이꽃을 시작으로 생화 한 송이로 바뀌고, 작은 꽃다발로, 다시 꽃화분으로 바뀌었다. 아이들이 직장 다닐 때는 선물 꾸러미로, 결혼을 한 후엔 외식으로 변했다.

그러다 외국에 나가 살게 되자 옷, 화장품 같은 선물 꾸러미와 용돈이 오고 전화로 목소리만 들었는데, 요즘은 카톡을 이용해 전자 꽃다발이 날아오고, 웃는 얼굴과 손자들의 재롱을 화상으로 본다. 미지의 다른 우주에 온 것같이 마음이 이상야릇하다. 과학은 어쩌면 꽃향기까지 보내 줄 수 있을 만큼 발달할지도 모른다. 손가락만 까딱하면 꽃다발을 밤이고 낮이고 언제든지 볼 수 있고 전자 꽃이라서 물을 주지 않아도 시들지 않고 없어지지도 않는다. 좋은 세상이 열리고 있는 것일까?

카톡을 끊고 나니 집안이 다시 조용해졌다. 여느 날과 다르게 더 허전하다.

우리 부모님이 살아 계시던 옛날에는 어버이날이란 말이 없었다. 얼마나 부모에게 소홀했으면 어버이날을 지정했을까, 생각해 본다. 한편으론 지금같이 바쁜 세상에 그날 하루라도 부모님을 봉양하고 함께 지내라는 뜻이니 가상하다 싶기도 하지만, 어느 쪽이든 기분이 개운하지 않다.

중국에서는 정기적으로 부모를 찾아뵙지 않으면 국가에서

벌금을 부과한다고 한다. 효도를 의무적으로 해야 하는 세상이 되었다. 거리가 멀고 시간이 없는 사람들을 위하여 '자식 대리 방문업'이 성행한다는 기사를 읽은 적이 있다. 업자가 그 집을 방문하여 자식 대신 절을 하고 음식도 올리고 집안일도 돕는다고 한다. 올 수 없는 자식이 그렇게라도 성의를 보이려 하는 것이니, 그것도 나쁘지 않겠다는 생각을 해 보았다.

지금은 넓은 지구 여기저기 사는 이들이 많으니 우리나라에도 자식 대리 방문업이 생기지 않을까? 자식은 볼 수 없어도 사람의 향기라도 접할 수 있지 않겠는가. 몸을 움직이지 않아도, 꽃가게에서 꽃다발이 날아온다. 백화점에서 한우 세트가, 어촌에서는 싱싱한 게, 전복도 날아온다. 사람 냄새는 사라지고 물건만 날아다니는 세상이 되었다.

〈부모 없는 어버이날〉이란 칼럼에서 '살아 계실 때 하지 못한 후회'란 항목을 읽었다. 지금 살고 있는 우리 모두가 다시 생각해 볼 항목들이었다. '부모는 먹지 않고 자식을 주고, 자식은 먹고 남아야 부모를 준다. 제 자식만 안고 웃으며 비위를 맞추려 애를 쓰면서 늙은이의 허전한 마음과 눈물을 보지 않으려고 한다. 저희들끼리 작은 소리로 소곤소곤 웃으면서 늙은이 보청기에는 관심이 없다.'

그 글을 읽고 젊었을 때의 나를 돌아보았다. 그때는 내 마음이 만족하리만큼 부모님을 잘 모셨다고 생각했다. 아들 없는 친정 부모님과 가까이 살면서 늘 말동무가 되어 드리고 떠나실 때까지 돌봐 드렸다. 또 시할머니가 기력이 쇠약해졌을 때 시어른께서 고향으로 모셔가려고 했으나, 할머니는 평생 익혀 온 살림 노하우를 손부에게 전해 주고 싶어 하시며 큰아들 곁에 가시기를 거절했다.

"나는 고향에 가지 않고 손부 곁에서 갈 거야."

구십삼 세에 가시는 날, 아침밥을 조금 드시고 내 손을 잡고 잠자듯이 떠나셨다. 이십 년을 하루같이 기쁨도 어려움도 함께 나누었다. 오순도순 사이좋은 자매같이 할머니와 나는 소꿉놀이를 한 것이다.

뒤돌아보면 하루하루가 잔잔한 기쁨과 소란스러움으로 가득한 나날이었다. 어버이날이 따로 없어도 매일이 어버이날이나 다름없었다. 이제 와 생각하니 내가 부모님께 효도를 한 것이 아니고 부모님의 사랑을 받은 것이었다.

나는 언제 어떻게 갈 것인가. 아버지나 할머니같이 꽃잎에 맺힌 아침 이슬같이 가고 싶다.

그러나 어버이날인 오늘 아침에 카톡 몇 번 울린 것 외에는 아무도 찾아오지 않는 거실이 횅하다. 만질 수 없는 전자 꽃다발, 그런 선물은 받고 싶지 않다. 기쁨과 살아갈 힘을 얻을 수 있는 사람 냄새가 풍기는 선물을 받고 싶다.

딸이 머물다 간 자리

몇 년 만에 미국에서 큰딸이 날아왔다. 우리 부부는 오랜만에 딸을 맞이할 생각에 며칠 전부터 마음이 들떠 있었다. 무엇을 먹일까, 무엇을 사 줄까, 어디로 구경 갈까 머릿속이 바빴다.

딸은 이목구비가 또렷하고 살결도 희고 곱다. 어릴 때는 미스코리아에 출전시킬까, 마루운동 선수를 만들까 생각이 많았다. 자라면서 점점 영특해졌다. 의사를 시킬까 하는 생각도 해 봤다. 그만큼 기대가 큰 아이였다. 성격은 깐깐하고 사리 판단이 분명한 데다 결백증이 심한 아버지를 꼭 빼닮았다. 지금은 대학원을 마치고 미국에서 유치원을 경영하고 있다.

매일 카톡으로 보고 말하고 했는데도 정작 끌어안자 마음이 찡했다. 이제는 어린아이로 되돌아간 건지 먹는 것 외에는 관심이 없는 부모를 위해 먹을거리를 잔뜩 가지고 왔다. 아들이나 딸이나 맏자식이 제일 든든한 것 같다. 오자마자 부모 건강부터 챙기고, 살림살이까지 신경 썼다.

앞으로의 여러 문제에 대해 오랜 시간 아버지와 진지하게 의논하는 모습을 보고 있자니 마음이 흐뭇했다. 저녁에는 그동안 써 놓은 엄마의 글을 읽으면서 옛날 얘기로 정다운 시간을 보냈다. 딸은 내가 기억 못하는 소소한 것까지 기억하고 있었다.

다음 날부터 온 집안을 이리저리 살피며 잔소리를 늘어놓기 시작했다. 예전에 내가 저희 집에 가서 하던 잔소리 그대로여서 웃음이 났다.

"화장실은 앞만 번지르르하고 뒤쪽은 딱지가 앉았네."

"청소 아줌마가 늙었어요, 젊은 여인이에요?"

"엄마는 마실 것, 먹을 것 챙겨 주는 데만 신경 쓰고 감독을 하지 않으니, 보이는 데만 치우고 구석은 그대로야. 아버지 컴퓨터 책상 아래 좀 봐요."

다음 날은 부엌에서 또 잔소리를 했다.

"이 나무 도마는 버리세요. 칼자루도 보기 싫어요."

"버릴 것이 너무 많네."

컵과 그릇을 주워 냈다. 예쁜 그릇도 있네, 하며 꺼내 놓기도

하고 부엌을 온통 쑤셔 놓았다.

"엄마는 왜 버리지를 못해요. 좀 버리고 살아요."

어린 학생을 훈계하는 여선생이었다. 엄마가 저희 학원 학생으로 보이는가. 그래도 참고 어린이가 된 양 웃기만 했다.

딸이 외출한 사이 내놓은 것 중에서 이것저것 몇 개 챙겨 숨겨 놓았다. 예전에도 몇 번이나 딸들은 버리고 나는 다시 찾아오곤 했다. 아이들 눈에는 낡고 보기 싫은 것도 사연이 있고 추억이 담긴 것이다. 아이들은 아직 모른다. 저희들 눈에는 버려야 할 것들로 보이는 물건들이, 저희들과 살았던 시간을 되새겨 주는 타임 캡슐이라는 것을. 그중에 쓸모없는 것은 하나도 없다는 것을.

다음 날은 함께 마트에 가서 이것저것 찾아다녔다. 나는 다리가 아프다는 핑계로 앉아서 기다렸다. 새살림을 차리려나, 얼마 남지 않은 삶을 번거롭게 하고 있었다.

그동안 불편 없이 쓰던 모니터보다 더 큰 것을 사와서 활자를 크게 볼 수 있게 해 준다고 컴퓨터에 연결하며 수선을 떨었다. 아버지에게 안과에 가서 시력 검사를 하고 안경도 새로 맞추는 것이 좋겠다고 했다. 나는 한 번도 같이 가지 않은 아버지 단골 병원에 모시고 가서 의사와 얘기도 나누고 보호자 노릇을 했다. 그리고 엄마가 기침을 자주 한다고 병원에 가서 엑스레이를 찍어야 한다고 안달이었다. 아버지 카드로 계산할 거면서 생색은 혼자 다 냈다.

딸이 운전하는 차를 타고 몇 개월 만에 농장에 갔다. 오래 비워 둔 집을 청소한다고 딸이 청소기를 들고 나왔다. 기분이 좋아진 아버지는 창고에서 큰 청소기를 꺼내 와서 "애야, 이놈이 더 잘 된다" 하며 큰 목소리로 말했다. 딸 덕분에 세 시간 동안 조수석에 앉아 기분 좋게 졸며 왔으니 활기가 나는 것 같았다.

나는 마당에 나가 정원을 살폈다. 나무나 꽃보다 풀이 더 많았다. 어느새 꽃들은 피었다 지고, 배롱나무꽃만 반갑게 맞아 주었다. 지난겨울이 춥지 않아서인지 배롱나무 세 그루가 모두 화사하고 눈부셨다. 사과나무에는 먹음직스럽게 사과까지 열렸다.

관리인 집 쪽으로 가는데 개들이 요란하게 짖었다. 닭장을 지나 토끼장도 지나 염소 우리 쪽으로 천천히 걸었다. 키가 성큼 커버린 나무와 밭을 둘러보며 생각했다. 아이들과 함께 살면 이렇게 한가하고 느긋하게 산책도 하고 차려주는 밥을 먹을 수 있겠지…. 생각만으로도 기분이 좋았다. 언제 그런 날이 올까, 이리저리 만리장성을 쌓아 보았다.

그러나 어쩌다 생일이나 명절에 한번 왔다 가라고 말하면 모두들 가고 싶지만 시간이 없다고, 하나같은 대답이었다.

'시간 없다, 시간 없다.' 언제나 귀가 아프게 듣는 말이다. 우리 부부에게는 주체할 수 없으리만큼 시간이 남아도는데, 이 시간을 아이들에게 펑펑 나눠 줄 수는 없을까. 내 힘으로 관리할 수 있는 것보다 더 많은 시간이 내 손 안에 있는 듯하다. 할 일이 없어 남아도는 우리 시간을, 분초를 아끼며 동동거리며 사는 아이들에게 나눠 줄 수만 있다면…. 그러나 어미의 바람일 뿐이다.

그런데 모처럼 온 딸하고 여행도 하고 맛있는 것도 먹으며 느긋하게 보내고 싶었던 내 마음하곤 달리, 굳이 하지 않아도 될 집안 일만 신경 쓰는 딸을 보자니 처음 기대했던 그림이 아니었다. 내가 시어머니 같은 잔소리를 듣고 있을 나이가 아니지 않는가.

나는 속으로 딸이 떠나는 날짜를 생각하며 보낼 물건을 준비했다. 고춧가루를 주려고 쉬지 않고 마른 고추을 닦았다. 중노동이었다. 손녀들 선물을 준비하고 카드에 몇 마디 덕담도 보탰다. 그러자니 딸이나 나나 몸살이 날 만큼 바쁜 시간을 보냈다.

하루하루 떠날 날이 가까워 오니 다시 덩그러니 남을 우리 부부의 쓸쓸한 그림이 보이기 시작했다. "우리 걱정은 하지 마라, 잘 지낼 수 있다"는 남편의 목소리도 축 처진 것 같고, 어쩐지 공허하게 들렸다.

막상 보내고 돌아서니 전쟁터에 보낸 것 같아 마음이 무거웠다. 멀리 있을 때는 어서 만나고 싶다가도 정작 만나고 나면 귀찮아지고, 떠나고 나면 다시 보고 싶은 것, 그것이 부모와 자식 사이의 정이란 것일까. 딸이 엄마 집에 와서도 편히 쉴 새도 없이 하나라도 챙기고 싶어 했던 그 마음, 어미인 내가 자식에게 퍼주고 싶었던 마음을 마치 내가 자식이 된 것처럼 되받았음을 안다. 멀리 있어 자주 와 보지 못하니 늘 부모 걱정을 놓지 못한다는 것도.

떠난 지 며칠 되지도 않았는데 벌써부터 딸이 보고 싶다. 든 자리는 몰라도 난 자리는 안다더니, 딸이 머물다 간 자리가 자꾸 크게만 보인다.

나목

지난여름은 무더웠다.

미국에 사는 첫째와 넷째 딸네가 서울에서 여름휴가
를 보내겠다며 몰려왔다. 텅 비다시피하던 집에 활기
가 넘쳐났다. 초인종은 쉬지 않고 띵똥띵똥 노래를 부르고, 미팅
하러 간다, 쇼핑하러 가자, 외식하러 갑시다… 쉴 새 없이 드나
들며 법석이었다. 그런데 어느 날 갑자기 큰딸이 푸념을 했다.

"엄마는 편애가 심해요. 둘째에게만 많이 주고 편들고 잘해 주
고, 다 같은 손주들인데도 둘째네 아이들만 더 사랑하고 차별대우
를 해요."

얼굴이 붉으락푸르락 제 아버지 앞에서 엄마에게 대들듯이 말
했다. 갑자기 당한 일이라 머리가 띵하고 가슴이 먹먹하였다.

차례로 집을 사 주면서 맨 마지막에 둘째가 제일 크고 비싼 집을 갖게 되었다. "이 집은 우리가 종종 와 있을 집이다" 하고 못을 박았는데도 모두 심통을 부렸다.

"둘째는 혼자라서 살기 힘들 텐데 어떻게 하니. 애비 없이 크는 아이들이 불쌍하지도 않니. 너도 자식 키워 봐라. 못나고 부족한 자식에게 더 마음이 간단다."

그렇게 달래긴 했지만 분통이 터졌다. 나름대로 최선을 다해 올바르게 살아왔다고 자부하고 있었는데…. 우리 엄마 최고야, 슈퍼우먼이야, 엄마 사랑해 하며 수다를 떨면서 힘을 실어 주더니 이제 와서 편애한다, 차별한다, 공평하지 않다, 이런 공박을 할 줄이야. 한방 얻어맞은 듯 가슴이 얼얼하고 서글펐다.

종갓집 종부로 그 많은 책임을 다하느라 힘이 들어도, 자식만 바라보고 산 세월이었다. 오남매 모두 유학 바람을 타고 유학을 떠났을 땐 희망찬 내일이 오리라, 목을 길게 빼고 기다렸다. 그러나 다들 돌아오지 않고 그곳에 살면서 늙은 어미에게 불평을 쏟아내는 것이었다.

열광하던 관객이 떠나 버린 객석을 바라보는 쓸쓸한 마음으로 하루하루를 지내다 어느새 외롭고 불쌍한 늙은이가 되어 그런 원성을 들으니 자꾸 눈물이 흘렀다.

제 아버지가 딸에게 누누이 설명한 보람이 있었는지 다음 날

아침에 사과를 했다.

"엄마, 생각해 보니 제가 잘못했어요. 용서하세요."

"응, 그래. 알았다."

대답은 그렇게 했지만, 한번 상한 마음은 풀리지 않았다. 딸이 미워서 혼자 중얼거렸다.

인생을 반이나 살았다는 것이, 남의 집 귀한 자식들을 가르치는 것이, 몇 달 후면 첫 사위를 맞을 것이 '이웃을 내 몸같이 사랑하라'는 주님의 말씀도 모르는가. 여름휴가 핑계 삼아 엄마 공격하러 왔나, 이런저런 생각을 하다 보니 마음이 더 힘들기만 했다.

아이들이 모두 돌아간 다음 셋째 딸에게 아픈 마음을 전했다. 엄마 손을 번쩍 들어주리라 믿었는데, 얼마 후 돌아온 대답.

"엄마, 큰언니 말에도 일리가 있어요. 엄마의 사랑을 더 많이 받고 싶어서 그래요. 엄마, 마음 풀고 푹 쉬세요."

자매들끼리 엄마 험담을 한 모양이었다. 한통속이었다. 자식들은 모두 똑같구나. 한층 더 속이 상해서 영감에게 하소연을 했다.

"아이구, 셋째 년도 큰언니 편이래요."

"내가 아이들 잘 설득했으니 마음 편히 가져요. 아직 애들이 뭘 알겠어요. 툭툭 털고 일어나요. 맛있는 것 먹으러 갑시다."

영감은 내 하소연에 껄껄 웃으며 나를 위로해 주었다.

그 후 매일같이 문안 전화에 선물이다, 용돈이다, 오고 또 와도 아이들에 대한 서운한 마음은 가시지 않았다.

섭섭하고 허전한 마음으로 밖으로 나오니 바람 끝이 쌀쌀했다. 고개를 드니 잎을 모두 떨어뜨린 가로수들이 눈에 들어왔다. 그 아름답고 찬란하던 오색 꽃잎들이 다 떨어지고 없지만, 어깨에 힘을 주어 가슴을 쭉 내밀고 머리로 하늘을 높이 떠받친 나무들의 모습이 당당해 보였다.

실눈을 뜨고 조용히 바라보고 있으니 부러움이 가슴에 차올라 살며시 말을 걸었다.

"나는 당당한 네 모습이 참 부럽다."

그러자 나무가 알아들은 것처럼 가지를 흔들었다. 나무에게 한마디 더 붙였다.

"내가 할 일은 모두 끝났단다."

나는 마음의 귀를 열어 나무의 은밀한 속삼임을 들었다.

"너도 곧 나같이 될 거야. 네가 곧 나이고 내가 곧 너다."

내 마음속에 남아 있는 아픔과 미움, 서글픔까지도 모두 버리고 나면 저 나무처럼 평화로울 수 있을까?

나도 한 그루 나목이 되고 싶다.

2. 인생도 한 걸음

식구가 늘었다

두 사람이 사는 집에 식구가 늘었다.

몇 주 후면 돌아갈 손녀들이 농장에서 갓 젖을 뗀 강아지를 안고 왔다. 사료와 변기를 준비하느라 소란스러웠다. 그 와중에 남편은 작명을 하여 발표했다. 쾌돌이. 아이들이 와, 와, 손뼉을 쳐서 가결되었다. 남편은 귀여워하고 예뻐할 줄만 알지 머리 아픈 일거리는 뒷전이었다.

나는 한 번도 강아지를 키워 본 적이 없다. 산책길에서 개를 볼 때마다 곱지 않는 시선으로 지나쳤다. 옷을 입히고 리본을 달고 목을 묶어서 끌고 가는 꼴이라니…. 사람들의 허영심에 고개 숙이고 묵묵히 따라가는 가련한 하인 같아 보여서 비위에 맞지 않았다.

딸과 아이들이 돌아간 후 그 허전함을 쾌돌이가 보상해 주는지, 남편은 예쁘다며 안아 주고 밥 먹자, 물 먹자 하며 시중을 들었다. 나는 농장에 가는 날 안아다 주려고 생각하고 있었다. 그런데 "응가 했어? 아이고, 예쁜 것" 하며 뒤도 닦아 주고 뒤처리를 했다. "할머니, 안아 주세요" 하며 나에게 안겨 주기도 하고, 개를 키우면 치매 예방에도 좋다면서 나의 관심을 끌려고 했다.

기가 막힐 일이 아닌가. 개 키우는 일이 어디 쉬운가. 아이 하나 키우는 일과 같은데. 나는 손녀딸 사라를 생후 4개월부터 초등학교 2학년까지 키웠다. 열두 명의 손주 중 제일 예쁘고 공부도 잘한다. '할머니, 사랑해' 하는 메아리가 가슴 한쪽을 차지하고 있다. 사랑하고 정성을 부으면 또 가슴 한쪽을 주어야 하지 않는가. 주지 않으려고 한다. 걱정이다.

그런데 억지 춘향 격으로 또 한 식구가 늘었다. 지난해 가을 미국에서 막내딸이 그동안 같이 살던 고모를 데리고 왔다. 60대인 시누이는 초등학교 5학년 때 뇌염을 앓았다. 상냥하고 예쁘고 공부도 잘하는 똑똑한 아이였는데. 여배우 그레이스 켈리의 인기가 전 세계를 휩쓸고 모나코 왕비가 되어 만인의 선망을 받을 때였다. 시누이는 그레이스 켈리를 꼭 빼닮은 어여쁜 아이였다. 모두의 귀여움을 받았다.

그랬던 시누이가 일 년 넘게 뇌염으로 고생했다. 죽는다고 단념

했으나 살아났다. 부모는 살아 준 것이 고마워 아무것도 가르치지 않았다. 시누이의 지능은 열두 살에 정지되었고 키는 자라지 않고 몸집만 커졌다. 그 곱던 얼굴이 멍한 표정으로 변했다. 잊지 않고 있는 것은 어릴 때 어머니가 즐겨 부르던 유행가인데, 지금도 가사를 정확하게 잘 부른다.

양친이 모두 돌아가신 후 친남매인 작은오빠 집으로 가지 않고, 이복 오빠인 우리 집으로 오게 되었다. 그때 우리 아이들은 모두 외국에서 살고 있었다. 우리나라와 달리 미국에서는 어린 아이를 혼자 집에 둘 수 없다고 했다. 시누이는 미국으로 건너가 둘째 딸 아이의 보호자가 되었다. 그 아이가 중학생이 된 후 셋째 집에서, 또 넷째 집에서 아이들과 놀게 하였다. 자기 수준에 맞는 아이들과 종일 놀고 먹고 자고 하면서 세월이 지나갔다.

그런데 막내딸의 작은아이가 중학생이 되니 할 일이 없어졌다. 그동안 중학생에서 대학생까지 여섯 아이들의 놀이 친구로 살았지만 이제는 시누이만 돌봐야 할 어린아이로 남게 되었다. 그러나 어느 집에서도 그럴 형편이 아니었다. 실업자가 되어 우리 집에 다시 오게 된 것이다.

"엄마, 어떻게 고모를 돌보시겠어요? 어린애 키우는 것과 마찬가지인데."

"엄마도 연세가 많아서 살림하기도 힘에 부치실 텐데…."

딸들이 모두 걱정을 하였다.

"장애인 시설이나 노인복지시설에 보내시는 게 어떻겠어요?"

현실적인 제안을 하는 딸도 있었다.

"마음을 닦아서 성인聖人이 될 자신은 없고… 지금은 모르겠다" 하고 나는 시누이를 받아들였다.

우리 부부는 살아오는 동안 일이 바빠서 싸움다운 싸움을 하지 못했다. 그런데 시누이가 오고는 열 달 동안 몇 번이나 싸웠다. 남편은 나를 성인군자聖人君子 대열에 올려놓고 무조건 "그런 것은 이해해야지, 불쌍하지 않냐"를 반복했다.

불쌍하기는 누가 불쌍하냐, 배부르게 밥 먹고 자고 싶은 대로 자고 저녁 8시면 누워 아침 7시 넘어 깨워야 일어난다. 하는 일 없이 넓은 독방을 차지하고 있는데….

미국에서 처음 왔을 때도 남편이 불쌍하다고 내 방에서 함께 자도록 했다. 내가 잠들만 하면 코 고는 소리에 잠을 잘 수가 없었다. 남편은 내 말은 듣지 않고 화만 냈다. 하룻밤 같이 자 보라고 소리를 지르고 독방으로 옮겼다.

속이 터질 때가 한두 번이 아니다. 무슨 말이나 시누이의 대답은 단 한 마디 "응, 알았어"였다. 그러곤 돌아서면 바로 잊어버린다.

"고모, 이거 현관에 갖다 놔요. 버릴 거야" 하면 봉지를 들고 화장실로 방으로 왔다 갔다 한다.

"고모, 콩나물 파는 집 알지, 두부 한 모 사올 수 있어?"

"응, 알았어."

가게까지 집에서 이삼 분 거리다. 나는 바로 뒤따라가 서서 기다린다. 마음이 불안하여 가보면 땀을 뻘뻘거리며 빈손이다. 그래도 마음이 놓인다. 앞세워 다시 간다.

남편과 싸울 때마다 "이해심 많은 사람이 같이 살아 봐요, 나는 아이들 곁으로 가겠어요" 하며 소리를 질렀다. 그러나 "하던 수필 공부는 계속해야지" 하며 참고 또 참고 있다.

사람 노릇하기가 참 힘들구나, 늦게 깨닫는다. 깃털 같은 조그마한 일이 사람의 울화통을 터지게 한다. 참 이상한 일이다.

'내 손이 내 딸이다.'

누군가 내 마음을 아는 이가 한 말이다. 시누이 뇌가 게을러서 말을 받아들이지도 않고 저장하지도 않는 것 같다. 성인군자가 되기는 참 아득히 멀고 먼 길인가 보다.

남편은 쾌돌이는 예쁜 놈, 고모는 불쌍한 것… 하며 두 식구를 받아들이고 노후를 즐기고 있다. 하루 한 번씩 운동시키러 산책을 나간다. 쾌돌아, 고모야, 산책길이 요란하다. 그러나 나는 글쓰기보다 더 어려운 성인이 되는 힘든 공부와 씨름 중이다.

3 대 1의 대결

 사나흘 있을 예정으로 농장에 왔다. 큰딸네가 다녀가고 거의 두 달 만이다. 남편이 아파서 병원에 들락거리느라 늦어졌다.

아이들이 왔을 때 텃밭에 여러 가지 채소를 심었다. 나는 매일 하늘을 쳐다보고 일기예보에 귀를 기울이며 텃밭에 물을 주지 못해 안달했다.

"농장에 갑시다. 채소밭에 물을 줘야지."

그러나 입속에서만 중얼거리며 무심한 척했다. 수요일에 결석하기 싫었기 때문에 비 오기만을 안타깝게 기다렸다.

농장에 와서 하루가 지나자 남편의 마음이 변했다.

"아, 여기가 좋구나. 왜 진작 오지 않고 아파트에만 있었을까."

한술 더 떠서 오래 머물겠다, 계속 농장에서 살겠다고 하는 것이었다.

나는 이번 주에 등록을 해야 하기 때문에 사흘만 있을 예정이었다. 그런데 남편이 갈 생각을 하지 않아 결석을 해야 하니 그것이 마음 아파 밤새 뒤척였다. 할 수 없어 짝꿍에게 등록을 부탁하고 결석을 통보했다. 그래도 남편에게는 내색하지 않았다.

쾌돌이도 신이 나서 마당에서 뛰어놀고 풀밭에서 뒹군다. 시누이도 밖에서 어정거리며 풀 뽑기를 좋아한다.

한적하고 조용한 시골의 목가적인 풍경은 옛이야기다. 삼면이 낮은 산에 둘러싸인 집에서도 소리 공해에 시달린다. 집집마다 개를 키우기 때문이다. 산 짐승의 피해를 막는다는 구실로 열 마리가 넘는 개를 쇠사슬에 묶어 두었다. 한 마리가 짖으면 이 집 저 집에서 연달아 짖어댄다. 한낮에는 짖을 일도 없는데 짖어대니 듣기 괴롭다. 덩달아 닭도 소리 높여 합세한다.

또 탕탕, 폭죽 터뜨리는 소리도 수시로 들린다. 과수원과 수수밭에 새와 고라니 같은 짐승들의 습격을 막기 위해 몇 분 간격으로 터뜨리는 요란한 소리에 깜짝깜짝 놀란다.

본래 자연은 사람과 동식물이 조화롭게 살 수 있는 아름답고 풍요롭고 평화로운 곳이었는데, 지금은 왜 서로 대적하여 싸우게 되었을까. 아마 사람들의 욕심이 이렇게 만들었을 것이다. 더 많이 생산하고, 더 많이 쌓아두고, 더 많이 가지려는 욕심으로 자연이 훼손되고 자연의 순환 고리가 파괴되어 짐승들의 보금자리가 줄어들고 있다고 한다.

농촌에서 살아갈 의욕이 스르르 사라진다. 건강하고 풍요로운 자연이 조금씩 야위어 가는 것이 마음 아프다.

늦은 밤까지도 개 짖는 소리, 폭죽 소리가 들리면 나는 큰 소리로 욕을 하며 잠을 청한다.

우리 앞마당에 있는 사과도 맛있게 잘 익은 것은 모두 새들이 파먹는다. 한두 마리가 아니라 여러 마리가 떼지어 우르르 날아든다. 남편은 새 쫓는 역을 맡아 양철통을 두드리며 신나게 소리지른다. 해가 서산을 넘어 어둠이 찾아들 때까지 우리는 차례로 새들과의 전쟁을 계속한다. 결국 우리는 새가 먹다 남긴 사과를 먹게 되었다.

방치해 둔 텃밭은 풀이 무성하여 밭고랑도 보이지 않고 넓은 초원으로 변했다. 풀을 뽑을 수가 없어서 낫으로 베어냈다. 밭고랑이 드러나자 전에 심었던 고추, 피망, 토마토가 보였다. 두 달 전에 심은 오이, 호박, 수박, 참외 같은 것들도 자라 있었다. 모두 미숙아였다.

한편에선 풀들의 아우성도 들렸다.

'이 땅의 원주민은 우리다. 힘없고 비실비실한 작물을 몰아내

자. 밭주인 무법자가 우리를 밀어내기 전에 뿌리는 크게 크게, 씨는 많이 많이 만들어 땅을 넓히자.'

무성한 풀 속에서도 쉬지 않고 제 할 일을 다한 작물들이 가련하고도 대견했다. 열악한 환경에서도 쉬지 않고 제 할 일을 한 작물들이 마치 어려운 환경 속에서도 묵묵히 꿋꿋하게 살아가는 젊은이들을 보는 듯 마음이 흐뭇했다.

농장 관리인에게 집 주변에는 제초제와 농약을 살포하지 못하게 한 대가로 나는 매일 오전, 오후 두 시간씩 풀과 씨름하고 있다. 작물의 편에 서서 풀과 씨름을 하다 보니 문득 웃음이 났다. 밭에서만 대결을 하는 게 아니었다. 나는 나대로 3 대 1의 대결에서 밀리고 있지 않는가.

남편과 고모, 쾌돌이 셋 다 농장에서 살기를 좋아하니 민주주의 원칙에 따라 나는 부득불 농장에 묶인 신세가 되었다.

땔나무를 하며

의사 선생의 권유로 남편은 하루 한 시간씩 걷기로 했다. 산책로 주위의 잡목을 제거하면서 천천히 걸어서 산 정상까지 가서 쉬고 다시 돌아오기로 했다.

산책로를 만들기 위하여 낫과 톱, 전지가위를 챙겨들고 시누이와 함께 집 뒤 언덕에 올랐다. 걸음을 멈추고 숨을 몰아쉴 때마다 누워 있는 나무가 눈에 들어왔다. 몇 해 전에 간벌한 것이다. 잎과 가지는 모두 자연에 돌려주고 몸통만 비와 바람과 햇살에 풍화되어 닳고 삭어어 가는 중이다. 숲속에서도 모든 생명체의 순환 리듬을 보게 된다.

처음으로 누워 있는 나무을 본 것은 몇십 년 전 캘리포니아 요세미티 국립공원에서였다. 전봇대보다 더 굵고 긴 나무들이 숲속

여기저기 누워 있는 것을 보았을 때의 놀라움은 컸다. 자연의 큰 그림을 보는 듯했다. 우리가 어렸을 때는 불을 때기 위해 솔잎을 긁어모으고 솔방울을 줍고 삭정이를 모아 땔감으로 썼다. 큰 나무가 그대로 누워 있으니, 미국은 참으로 풍요로운 나라구나 하고 부러워하였다.

우리 것보다 두 배는 됨직한 긴 솔잎과 주먹만큼 큰 솔방울을 주워 모았다.

"엄마, 뭐하세요?"

"기념으로 몇 개 가져가려고."

"안 돼요. 여기 공원 안에 있는 풀 한 포기, 돌 하나도 가져갈 수 없어요."

"못 가져간다니? 이까짓 솔방울 몇 개, 솔잎 몇 개도 못 가져가니?"

그랬다간 큰일난다면서 여기 사람들은 모두 법을 잘 지켜 아름다운 자연이 유지되는 것이라고 했다. 아들의 말을 듣고 '우리와 삶의 질이 다르구나, 성숙한 사회구나' 생각하며 입을 다물었다. 그 나무들은 모두 고사목이었고, 우리 산의 나무는 간벌한 것이었다.

지금은 우리나라 산에서도 고사목을 볼 수 있다. 옛날에는 대청봉이나 봉정암까지 올라가도 누운 고사목이 없었다. 하얀 대리석 기둥같이 서서 죽은 나무는 몇 그루 본 적이 있다. 그러나 지금은 아파트 뒷산에서도 누워 있는 나무를 종종 본다. 우리도 연탄이 보급되고 기름을 사용하니 잘 사는 나라가 되어 산도 풍요롭고 아름다워진 것이다.

남편은 얼마 전부터 운동 시간에 정상까지 걸어가지 않고 누워 있는 나무을 끌어내리고 있다. 줄로 묶어서 끌고 언덕 아래 길까지 가져간다. 또 큰 나무 사이의 잡목은 톱질을 한다. 작은 나무가 스르르 넘어지는 모양은 마치 장난꾸러기 아이가 흙바닥에 벌렁 누워 손발을 버둥거리는 것 같다.

나무 우둠지는 내려다보며 그리워만 하던 흙에 입을 맞추고 편안하게 눕는다. 큰 나무 사이에 서 있을 때는 작게 보이던 놈이 손발을 뻗고 누우니 크고 무척 길다. 묶은 나무를 끌던 시누이가 푹신한 나뭇잎 카페트에 털썩 엉덩방아를 찧는다. 시누이의 몸 개그에 굽혔던 허리를 펴고 하늘을 보며 한바탕 웃었다.

“따뜻한 불에 넣어 줄 테니 말 잘 들어.”

시누이는 중얼거리며 엉덩이를 털었다. 줄로 묶어 당기고, 겨드랑이에 끼고 끌고, 두 손으로도 잡아당기고 노인네 셋이서 완전 코미디를 연출했다. 언덕 아래 길에 모아놓은 나무를 마당으로 옮겼다. 마당은 어느새 나무 천지가 되었다. 앓는 소리가 절로 나왔지만 흐뭇했다. 앉아서 물을 마시고 간식도 먹었다.

다음 단계는 손도끼와 큰 가위손과 톱이 등장한다. 큰 가위손이 삭둑삭둑, 손도끼가 딱딱, 슬금슬금 톱질을 하여 작은 가지들은 몇 개의 단으로 묶고 굵은 둥치는 토막을 내서 장작더미 위에 쌓았다. 어느덧 마당이 나뭇잎 하나 없이 깨끗하고 넓어지면 포근한 햇살이 다시 찾아와 마당 가득 넘실대며 놀다 간다. 얼마 후에는 개구쟁이 산그늘이 슬금슬금 찾아올 것이다. 우리는 부엌 아궁이에서 훨훨 타는 불꽃을 바라보고 앉아 있다가 이글거리는 불을 화로에 담아 방으로 가져갈 것이다.

산 정상까지 한 시간 운동이 땔나무에 대한 욕심으로 몇 시간이나 더 계속되어 버렸다.

첫 순례길에서

 겨울비가 내리는 새벽, 날이 쉬이 갤 것 같지 않았다. 그러나 궂은 날씨도 상기된 내 마음과 가벼운 발걸음을 잡지 못했다. 오전 6시, 달리는 차 안에서 아침 예불을 드리는 것으로 첫 순례길을 열었다. 순례는 선원 스님에게 대중 공양을 올리고 사찰 순례를 하며 나를 찾아가는 여행이다. 일상에 지친 몸과 마음을 한 차원 높이고 평화와 즐거움을 찾는 길이다.

그날의 여정은 불국사, 석굴암, 기림사, 분황사를 차례로 순례하는 것이었다.

빗속을 뚫고 불국사 선원에 도착하자 정오가 다 되었다. 깨끗하고 웅장한 가람은 겨울비 속에서 더욱 경건한 분위기를 느끼게 했다. 순백의 마당과 처마에서 떨어지는 낙수 소리가 경 읽는 소리처럼 청아했다. 마음이 맑아지는 듯하여 처마 밑에 서서 움직일 수가 없었다. 얼마나 울어야 마음이 저렇게 맑아질까. 한 방울 한 방울 낙수 소리를 마음에 담았다.

선원 방장 종우스님의 법문을 들었다. "진실한 마음으로 행주좌와에 행하라"는 말씀이었다. 모든 행동에 진심을 다하라는 뜻이었다. 경전에는 몇억 겁의 수행에 의해서 성불한다고 하지만 선禪에서는 한순간에 문득 깨우칠 수 있다니 얼마나 매력적인가. 성불에 이르는 길은 참 쉬운데, 왜 도달할 수 없을까?

우리 일행은 파격적인 대접을 받고 선방에서 한 시간 동안 가부좌를 하고 죽비 소리에 단전에 힘을 넣고 하나 둘, 수를 세기 시작했다.

얼마 후 '내가 바르게 앉아 있는 건가' 하는 잡념을 시작으로 아침에 정리하지 못한 부엌 살림, 작은딸이 했던 부탁, 다음 주의 약속…. 마음이 고삐 풀린 망아지같이 서울로 미국으로 달아났다. 겨우 고삐를 잡아 매어도 금방 뛰쳐나갔다. 산만한 생각으로 일념이 되지 않았다.

지난 한때, 명상에 입문해서 채식을 하고 많은 규제를 지키며 꾸준히 명상을 했다. 그런데 수년이 지나도 아직 제자리걸음만 하고 있다. 마음을 찾아가는 길이 쉬운 것 같지만 잘 얻어지지 않았다.

　불국사를 지나 토함산 고갯마루에 이르니 비가 진눈깨비로 변했다. 미끄러운 산길에서도 발걸음은 즐겁고 가벼웠다. 함께 간 사람들에게서 삶의 희망과 즐거움을 찾고 싶어 하는 소박한 마음을 느낄 수 있었다. 종종걸음으로 앞서 달려가는 모습을 바라보니 먼 옛날 어둠 속을 달리던 기억이 새로웠다.

　초등학교 6학년 소풍날이었다. 경주역에서 첫 기차를 타고 동트기 전에 역에 도착하여 불국사 넓은 마당에 모였다. 높은 돌층계를 한달음에 뛰어올라가 석가탑, 다보탑을 한 바퀴씩 돌고 눈도장만 찍고 뛰어내려왔다. 여학생들은 층계 밑에 들어가 춤을 추고 노래를 불렀다.

　"모두 모여라. 석굴암에서 다시 모인다. 출발."

　선생님이 호루라기를 불자 남자아이들이 뛰기 시작했다. 모두들 덩달아 뛰자 작은 마라톤 행렬이 이어졌다. 누가 먼저 오르나 시합이라도 하듯 꼬불꼬불한 산길을 헐떡이며 뛰어올라갔다. 길은 달구지가 지나갈 만큼 넓었지만 매우 가팔랐다. 숨을 헉헉 몰아쉬며 산모퉁이를 돌 때마다 걸음은 점점 느려지고, 나중엔 네 발로 기는 아이도 있었다.

　석굴암에 도착하여 마신 물은 정신이 번쩍 들 만큼 차고 달았다. 물을 마시며 선생님 얘기를 들었다. 창건 당시에는 졸졸 흐르는 물구멍에서 쌀이 나왔단다. 매일 한 사람이 먹을 만큼 쌀이 똑똑 떨어졌는데 많이 얻으려고 꼬챙이로 구멍을 쑤셨더니 그 후로 물이 나왔다고 한다.

"이 물은 쌀 대신 나온 물이다. 많이 마셔라."

선생님 말씀에 모두 더 많이 마셨다. 욕심을 부리지 말라는 뜻을 알아차리지 못하고 욕심껏 물배를 채웠던 것이다. 부처님과의 첫 만남이 이루어진 것은 그때였다.

'아, 엄청 크다. 웃고 계신다.'

저절로 벌어진 입을 겨우 다물고 내려왔다. 부처님의 빛나는 눈웃음은 어린 마음을 온통 사로잡아 버렸다. 그때부터 그 눈웃음을 흉내 냈다. 살아오는 동안 그날 본 부처님의 웃음은 내 마음 속에 크게 자리 잡고 앉아 힘에 부쳐 찡그리고 싶은 날에도 나를 웃게 만들었다.

몇십 년이 훌쩍 지나 삶의 때가 덕지덕지 묻은 누더기로 찾아갈 때도 부처님은 변함없는 그 웃음으로 '왔느냐, 잘 왔다' 하시며 안아 주셨다.

부처님 무릎 아래에서 철야 기도를 했다. '나는 지금 어디쯤 가고 있는지. 바로 가고 있는지….' 조급해하던 마음에 따뜻한 안도감을 주셔서 스르르 눈이 감겼다.

'더 큰 깨달음으로 가는 길은 없다. 지금 일어나는 이 순간에

모든 것이 다 이루어져 있다.'

　달콤한 꿈도 꾸었다.

　'이 우주의 힘은 우리를 속박하거나 붙잡지 않고 한 단계씩 높여 주고 넓혀 주려고 한다.'

　속삭임도 들었다.

　진눈깨비 속을 헤치며 찾아간 그날도 처음 뵈었을 때처럼 웃고 계신 부처님은 날 때부터 함께였던 든든하고 믿음직한 부모님같이 인자하셨다.

　'너의 말 한마디 움직임 하나가 이 우주에 충만한 부처님에 대한 공양이다. 최선을 다해서 생활하는 것이 공양이다.'

　돌아가는 길에 미소로 당부하셨다. 주름은 깊어지고 웃음도 메말라 헐거워진 웃음주머니도 빵빵하게 채워 주셨다.

　"부처님, 감사합니다. 언제 또다시 뵈올지….."

　합장하고 돌아서며 옛날같이 그 눈웃음을 흉내내어 보았다.

순례길에서 2

 진눈깨비를 맞으며 석굴암에 올랐던 아쉬움을 남겨
두고 기림사로 향했다.

경주 토함산 자락 기림사는 선덕여왕 12년 천축국의
승려 광유가 세웠는데, 불국사 이전에는 제일 큰 가람이었다. 지
혜의 빛으로 세상을 비춘다는 비로자나 부처님을 모신 대적광전
과 우물이 많고 가람이 넓고 깨끗했다. 젊었을 때 늙으면 와서
쉬고 싶었던 곳이다. 탁 트인 넓은 가람을 둘러싸고 있는 산과
나무들이 '오세요, 와서 쉬어요' 하고 속삭이는 듯했다.

옥으로 빚은 나한님도 내 속마음을 엿보았는지 정다운 웃음을
보내 주었다. 지금 세월의 흔적을 지워 버리고 영원으로 통하는
이 무한 공간 속에서 나한님의 청정한 영혼의 소리도 듣고 두런

두런 얘기를 나누면서 지내면 얼마나 좋을까!

그러나 거역할 수 없는 어떤 힘이 다음 목적지로 나를 떠다밀었다. 우리는 왜 끈적이고 냄새나는 일상에서 허둥대면서 용감하게 새로운 공간으로 뛰어나오지 못할까? 아무도 붙잡지 않는데도 털고 나올 수가 없는 걸까? 나태한 생활 습관인가, 삶의 애착인가, 알 수 없는 본능인가, 이런저런 생각을 가득 싣고 차는 달렸다.

오후 늦게 경주 월성동에 있는 분황사에 도착했다. 절 문에 들어서니 맨 먼저 석탑이 보였다. 오랜 방랑 끝에 찾아온 고향의 어머니 품 같은 석탑이 너무 반가워 덥석 껴안고 싶었다.

분황사는 평등사상을 실천한 원효대사의 성지다. 석탑 약사여래 입상, 솔거 그림, 관세음보살상, 화쟁국사비, 삼용면 이정 우물우물은 원형. 아랫부분은 팔각은 불교의 팔정도와 원융의 진리를 말한다. 그러나 많은 유물들이 몽골의 침략과 임진왜란으로 모두 소실되었다.

자장대사가 머물고, 원효스님이 그 유명한 《화엄경소 華嚴經疏》, 《대승기신론소 大乘起信論疏》, 《금강삼매경소 金剛三昧經疏》 등 많은 경전을 저술한 사찰이다.

원효스님은 또한 신라시대 궁중이나 상류사회 사람들만 믿고 즐기던 불교 사상을 일반 국민에게 알기 쉽게 전했다. 천민, 각설이, 땅꾼, 거지에게도 불법을 널리 전파했다.

"스님, 우리들은 어떻게 공부할까요, 글도 모르고 시간도 없고 공부할 곳도 없어요" 하고 묻는 각설이, 땅꾼, 거지 무리들에게 말했다.

"너희들은 매일 예불하고 경을 읽고 염불을 하지 않아도 된다. '나무아미타불 관세음보살' 만 불러라. 그러면 반드시 성불한다."

이 얼마나 놀라운 말씀인가! 천민들은 너무 기뻐 날뛰고 각설이 타령 중간중간에도, 문전걸식하면서도 '고맙습니다' 대신 '나무아미타불 관세음보살' 을 외쳤다. 옆 사람도 따라 합장하였으니 그곳이 바로 불국토였다. 사바세계를 불국토로 만드신 원효 스님이다.

스님은 가사 장삼 승복을 벗고 거사라 칭하며 밑바닥 무리들과 더불어 살고 불佛 세상 만들기에 힘쓰셨다. 스님은 바로 우리 곁에 오신 부처님의 화신이었다.

8 · 15해방으로 만주를 떠나 할머니 집에 와서 살 때였다. 할머니가 아침 일찍 사립문을 활짝 열고 길에 물을 뿌리고 깨끗하게 쓸어두면 거지아이들이 우르르 몰려와 명랑하고 초롱초롱한 목소리로 '나무아미타불 관세음보살' 염불을 하였다. 할머니는 준비한 밥을 아이들에게 나누어 주면서 같이 염불을 하셨다. 나는 무슨 말인지도 모르면서 따라 했다. 먼 훗날에야 그 뜻을 알았

다. 내가 그곳을 떠날 때까지도 경주는 불국토였다. 분황사에 와서 다시 옛날을 회상해 보았다.

어머니 품 같은 분황사 석탑, 그 옛날에는 들판에 담장이 없었다. 멀리에서 보면 작은 돌무더기 같았다. 처음 조성될 때는 9층 탑이었으나 지금은 3층이다. 그때는 분황사 터도 우리들의 놀이터였다. 동무들과 숨바꼭질할 때 이리저리 돌며 돌사자 머리도 만져보고, 우물을 들여다보기도 하며, 탑 속에 숨어서 내다보고 애를 태우고, 뛰어내리다 넘어져 울기도 하던 놀이터였다. 탑 속의 조각상도, 돌사자도 먼 옛날 이곳에서 뛰어놀던 어린아이를 기억하고 있는 듯 실눈을 뜨고 웃고 있었다.

위대한 원효스님의 숨결이 살아 있는 곳임을 알게 되어 새삼 감회가 남달랐다.

떠나기 전 늦은 시간에 종루 앞에서 차례로 종을 쳤다. 그 은은한 종소리가 멀리 울려 퍼져서 가난한 우리에게 사랑과 자비의 마음이 전해지기를 기원했다.

비 오는 날의 환영幻影

밤부터 소리 없이 비가 내렸나 보다. 보고픈 친구가
문득 찾아온 듯 마음이 푸근하다. 우리 부부는 아침
상을 물리고 커피 한 잔씩 들고 밖으로 나와 느긋하게
현관 앞 긴 의자에 앉았다.

짙은 녹음 속에서 소리 없는 빗소리에 젖는다. 마당 앞 키 큰
백합나무 이파리에 닿는 여린 빗줄기가 상큼하고 달콤하다. 잎
은 한여름에도 연초록빛으로 부드럽고 싱그럽다. 키가 크고 잎
이 무성해서 시원한 그늘을 선사한다.

빗줄기가 가늘어 볼 수도 없고 소리도 들을 수 없어 눈을 감는
다. 우리는 녹음 바다에 깊숙이 가라앉아 커피 향에 취했다. 바
다 속 밝고 환한 곳에는 우리가 걸어온 인생길의 가지가지 그림

들이 가득하다. 그중 그림 한 장을 펼쳐 본다.

홀연히 시공간을 넘어 아득히 먼 곳으로 날아간다. 갑자기 소나기가 퍼붓는 경북 김천 직지사가 있는 황악산 중턱 나무 밑에 앉아 있다. 산 아래를 보니 비바람에 용틀임하는 초록 물결이 장관이다. 거인만큼 큰 나무도 아기같이 작은 나무도 다 함께 어깨동무하고 누웠다 일어났다 앉았다 섰다 온몸을 흔들며 춤을 추고 있다. 친구들과 우리도 온몸을 흔들며 환호한다.

"청강에 비 듣는 소리 그 무엇이 우습기에 만산홍록이 휘두르며 웃는구나. 두어라. 춘풍이 몇 날이리. 웃을 대로 웃어라."

목청껏 소리내어 옛 시조도 읊고 웃고 떠들며 그 속에 풍덩 뛰어들었다. 대학 삼학년 여름방학 채집 여행 때였다. 나무도 춤을 춘다. 나무도 삶이 흥겨워 춤을 추면서 쑥쑥 자라고 건강해지겠지.

산속을 뛰어다니고, 직지사 경내를 돌아보고, 대학생이 되어 캠퍼스를 한 바퀴 돌고 왔는데도 커피는 아직 따뜻하다. 한 모금 마신다. 달콤하다.

"밖에서 마시니 더 좋은데."

소리를 따라 고개를 돌려보니, 그때 나를 쫓아다니던 남학생의 머리가 어느새 히끗해져 있다. 그뿐인가. 얼굴도 목소리도 변해 있다. 그의 눈에 나도 마찬가지일 거라는 생각을 하기까지 한참이나 걸렸다. 그 사이 빗줄기가 굵어졌다.

인생도 한 걸음

 병신년이 스무 날 지났는데 나는 아직도 농장에 머물
고 있다.

낮에도 영하 7도, 새해 들어 제일 추운 날이다. 창문
밖은 설국이다. 동쪽, 남쪽 창에도 고사리손으로 그린 아이들 그
림 같은 풍경이 가득하다. 아스라한 하늘을 배경삼아 옷을 훌훌
벗어던진 키 큰 나무들이 눈에 들어온다.

노래를 흥얼거리며 커피 한 잔 들고 밖으로 나갔다.

하얀 눈 위에 구두 발자국
바둑이와 같이 간 구두 발자국

마당가 양지쪽 내 자리에 앉으려다가 눈 위에 꾹꾹 발자국을 찍으며 관리인 집 쪽으로 걸어갔다.

'어서 와, 같이 놀자.'

곱게 쌓인 눈이 눈을 반짝이며 말을 걸어 왔다. 설국 아이들이 나를 부른다. 개들이 일제히 짖어댄다. 나를 환영하는구나, 나도 손을 흔들었다.

"그래, 그래. 안녕, 안녕."

여기저기 인사를 하다가 훌떡 미끄러져 나뒹굴었다. 개들이 더 크게 소리쳤다. 겨우 일어나 주저앉아 다시 손을 흔들었다. 히죽히죽 웃고 천천히 숨을 고르고 아픈 엉덩이와 다리를 만지며 일어났다.

스틱과 장갑 같은 준비도 없이 눈꽃 잔치에 서둘러 나선 길이었다. 나무막대를 의지해 절뚝거리며 큰 소리로 웃었다. 그동안 남편 간병을 하며 꾹꾹 쌓여 있던 마음속 찌꺼기가 흰 연기가 되어 웃음으로 나오나 보다. 속이 시원하고 상쾌했다.

천천히 걷자니 티베트의 노스님 이야기가 떠올랐다. 티베트에 사는 노스님이 겨울날 걸어서 히말라야 산맥을 넘어 인도에 도착했다. 어떻게 산맥을 넘어 왔느냐는 물음에 스님은 덤덤하게 말했다.

"그냥 한 걸음 한 걸음 걸어서 왔지요."

스님은 산을 넘겠다는 생각이 아니라 한 걸음 한 걸음에 집중하여 걷다 보니 히말라야를 넘을 수 있었던 것이다.

나도 절뚝거리며 한 걸음 한 걸음에 집중하여 산비탈을 다 내려와 포장된 마을길에 닿았다.

이상하다. 다른 행성에 왔는가. 집들은 모두 웅크리고 숨을 죽이고 개도, 닭도 보이지 않고 소리도 없다. 따라오며 귀를 에이던 찬바람 소리도 들리지 않고 너무 고요하다. 황망히 서서 사방을 둘러보아도 무겁게 가라앉은 찬 안개와 흰 눈뿐이다.

'아, 내가 찾아온 눈 세상인가 보다.'

그러나 아름답지도 않고 너무 춥다. 같이 놀 수가 없다.

마을 안쪽 두 번째 집에 들어갔다.

"아이구, 이 추운 날…."

안주인이 눈 속을 걸어온 이웃을 반갑게 맞아 주었다. 겨드랑이를 들락거리던 언 손가락을 연신 주물렀다. 주절주절 떠드는 안주인의 수다를 다 듣고 일어서니 땡땡, 열두 시다.

수요일 열두 시. 생각나는 그림 한 장.

수필 교실에서 한 시간 수업을 마치고 쉬는 시간이다. 웃음 띤 선생님과 눈을 반짝이며 진지하게 수업을 듣는 문우들의 모습…. 어쩌면 그 자리에 참석하지 못한 것이 허전해서 집을 나섰던 것은 아니었을까.

동네 한 바퀴 돌아 언덕 위 원점으로 돌아왔다.

양지쪽에 마시다 두고 간 차는 아이스커피가 되어 있다. 한 모금 마시니 차고 달다. 여전히 혼자 마시는 커피지만 마음은 아까와는 다르다. 동네 한 바퀴 도는 동안, 살아온 날을 한 바퀴 돌아본 것만 같다.

듣는 귀 없는 허공에다 덤덤하게 말했다.

"나도 그냥 한 걸음 한 걸음 걸어서 왔지요."

기도하는 법

지난 추운 겨울날 어둠이 가시기도 전에 경북 문경에 있는 봉암사로 향했다.

사찰 순례단의 열 번째 순례일이었다. 봉암사는 우리 나라 제일의 선방 도량으로 수행 정진을 위해 부처님 오신 날 하루만 일반인이 참배할 수 있고 출입을 금지한다. 우리 순례단은 사전에 허가를 얻어 선방 스님들께 공양을 올리게 되었다. 그리고 참선 스님들과 함께 아침 예불을 올리는 영광도 얻었다.

두툼한 겉옷을 벗고 흰색 단복 차림으로 아침 예불에 참석했다. 법당에는 난방시설이 되어 있지 않아 몸이 덜덜 떨렸다. 입도 잘 움직이지 않아 염불하기가 힘들었다.

그런데 아침 예불을 드리는 스님들의 몸에서는 뜨거운 열기가 뿜어져 나왔다. 참선에 들면 추위도 더위도 지나가는 바람인가. 가람伽藍을 에워싸고 있는 울창한 소나무처럼 강렬한 힘이 솟아나고 있었다. 스님 한 분 한 분의 얼굴에는 맑고 밝은 빛이 피어났다. 아, 이것이구나! 오랜 시간 수행의 결실이구나. 부러운 마음으로 두 손 모아 합장했다.

태고선원 봉암사에는 95명의 스님이 동안거 중이었다. 네 곳에 하루에 여덟 시간, 열 시간, 열두 시간, 열네 시간씩 정진하는 곳이 따로 있었다. 화두로 철벽을 뚫고자 하는 기운이 번뜩여 우리 순례단은 발소리를 죽였다. 화두를 들고 있으면 십리 밖 소리도 천둥 소리로 들린다는 말씀에 숨소리도 숨겼다.

선방에서 50년 넘게 수행해 온 선원장 적명스님의 '기도하는 법'에 대한 설법을 들었다.

처음 기도할 때초급 기도법는 두 가지 이상의 소원과 아픔을 말하고 기도하는 것이 원칙이다. 그러나 기복 기도는 아니다.

다음 단계중급 기도법는 하나의 원願을 일주일, 십 일, 백 일 동안 계속 기도한다. 부처님은 다 알고 계시는데 같은 말을 거듭함은 불경스럽고 믿지 못하는 짓이다. 같은 소원은 일곱 번만 하라. 일곱 번만 하고 충분하다는 생각이 중요하다. 그러면 마음에 여유가 생겨 내 이웃을 돌아보게 되고 일곱 번 하고 끝내면 부처님 마음에 가까워진다.

세 번째 고급 기도법에 이르면 '부처님, 소원이 없습니다. 어떤 것도 비는 일이 없게 해 주세요. 마음을 활짝 열고, 좋은 것이든 나쁜 것이든 나의 것이면 다 받아들이겠습니다' 하는 기도를 드리게 된다. 주어진 현실에 어떻게 반응하느냐에 따라 삶이 아름다워진다.

최상의 기도법은 '부처님 당신은 성불하시고 49년 동안 중생을 제도하셨습니다. 이제는 중생 제도는 그만하시고 가만히 앉아 계십시오. 성불과 제도는 제가 하겠습니다' 하는 것이다.

하고 싶은 일, 하고 싶은 말을 다 하면 안 된다. 타인의 마음을 다치지 않을까, 항상 생각해야 된다. 마음이 아름다운 사람이 되는 것이 기도를 잘 하는 사람이다.

적명스님의 설법을 들으면서 나의 기도 생활을 돌아보게 되었다. 스님의 설법으로 안개 사이로 밝은 빛이 보이기 시작했다.

초등학교 6학년 소풍날, 처음으로 석굴암 부처님의 미소를 보았다. 삶의 굽이마다 그 미소를 흉내내며 살아왔는데, 얼마나 더 울어야 마음이 맑아지고, 얼마나 더 웃어야 그 미소를 닮을까.

서울에 둥지를 틀었던 사십 대의 어느 봄날, 친구의 안내로 도선사에 갔다.

그곳에 가려면 버스정류장에서 냇물을 따라 비탈길을 올라야 하는데, 숨이 헉헉 차오를 때쯤 입구에 다다랐다. 입구 마당에 관세음보살 입상이 서 있었다. 보살의 미소를 처음 대하는 순간 '인격이 완성된 자는 미소한다'는 싯다르타의 마지막 모습이 떠올랐다. 한없이 인자하고 아름다운 미소를 닮고 싶었다.

때때로 입상 앞에 오랜 시간 서서 바라보았다. 그러나 돌아서는 발걸음은 언제나 무거웠다. 나의 표정은 그 미소와 너무 멀었기 때문이다. 삶의 무게에 찌들어 이마엔 아상我相의 주름살이 깊어져 있었다.

그곳에서 《금강경》 한 권을 얻어 읽고 쓰면서 오랜 길동무가 되었다. 그 후 어느 때부터 '무하마드라의 노래'를 불렀다. 그 노래는 말한다.

기도란 무엇인가?

모든 것에게 축복을 보내는 것이다.

모든 것에 대하여 연민의 마음을 갖는 것이다.

부정적인 생각을 긍정적으로 바꾸는 것이다.

큰딸이 고등학교 삼학년 때였다. 입시 기도객들로 도선사 석불전은 매일 만원사례였다. 절을 할 자리도 얻기 힘들었다. 매일 이른 아침에 젊은 스님이 도선사 오르막길을 긴 대나무 비로 쓸고 있었다. 그 스님에게 합장하고 서서 공손하게 허리 굽혀 인사하면 힘든 고개를 넘은 듯이 마음이 푸근했다. 석불전에 오르면 석불 부처님이 희미한 미소로 맞아 주셨다.

'이 불쌍한 중생아, 또 왔느냐. 빨리 돌아가 세탁기에서 빨래를 꺼내 햇볕에 널고, 아이들 간식도 만들어야지.'

친정아버지같이 정겨웠다.

'부처님, 이 많은 엄마들의 소원을 다 들어주세요.'

나는 백팔배를 올리고 바로 돌아오곤 했다.

불교 합창단에서 음성 공양을 하고, 경전 읽기, 경전 사경과 명상을 하면서 많은 시간이 흘러갔다. 이웃 사람에게 내가 먼저 인사하기, 누구에게나 항상 웃는 얼굴로 대하기, 타인의 생활의 먼지도 털어 주고 조언도 해 주기…. 그것이 나의 기도법이다.

내가 오랜 세월에 걸쳐 구도하는 목적이 무엇인가에 대해 다시 생각해 본다.

팔십 고개를 넘어서야 '인격이 완성된 자人格完成者는 미소한다'는 말뜻을 조금 알 듯하다. 더 많은 시간이 흐르면 그때야 아름다운 미소를 닮게 될 것이다. 나의 기도 방법은 부처님에게 부탁하지 않고 자신과 끊임없이 씨름하는 것이다.

무형의 선물

카톡 소리가 요란하다.

> 할머니, 생신 축하해요!! 많이많이 사랑하고 보고 싶
> 어요. - 유정이

할머니, 생신 축하해요. 우리 할머니 언제나 건강하시고, 저
희들 갈 때까지 재미나게 지내세요. - 승현이

할머니, 맛있는 케이크 많이 드시고, 친구들과 사우나 가서
재미있게 보내세요. 오늘은 할머니가 제일 행복하셔야 해요.
- 사라

손주들의 생일 축하 메시지에 웃으면서 답을 보낸다.

이쁜아, 할매는 지금 농장에 있다. 여기 시골에는 사우나가 없다. 그 대신 밭에서 풀 뽑고 일을 많이 하고 있으니 사우나와 똑같다. 땀을 많이 흘리고 재미있는 노래도 부른다.

이어 딸들의 메시지가 도착했다.

생일 축하, 생일 맞으신 엄마 얼굴 보고 싶네요. 사진 올려주세요. - 큰딸

밭에 앉은 내 얼굴과 텃밭, 주렁주렁 탐스럽게 열린 사과, 새가 쪼아먹은 사과, 배롱나무꽃, 맨드라미, 나팔꽃 사진을 올렸다.

맨드라미, 나팔꽃 예쁘다. 다발로 만들어 엄마 생신 선물 드립니다. - 큰딸
노란 파프리카도 보이네. - 둘째 딸
새가 파먹은 사과, 예술작품 같아요. 확대해서 액자에 넣으세요. - 셋째 딸

이어 푸짐하게 차린 생일상 사진도 올렸다.

화려한 생신상이네요. 참외, 방울토마토, 쑥 롤케이크, 흰 막
걸리, 맛있겠어요. 막걸리가 시원해 보여요. 엄마가 좋아하
시는 것 다 있네요. - 큰딸

막걸리와 케이크, 엄마와 잘 어울린다. 세 박자가 딱이야.
– 둘째 딸

　카톡이 허공으로 날아가는 생일을 붙잡아 왔다. 팔십이 지나면
서부터 맞이한 생일을 누가 반기랴. 새들만 시끄럽게 지저귀고
있었다. 시끌벅적한 수다를 생일 선물로 한아름 받았다. 허공으
로 날아온 선물이 묵직하다. 오후에 농장 관리인이 두 손 가득 먹
음직한 복숭아와 탐스런 포도를 들고 왔다. 먹을 복이 터졌다.
　또 카톡 소리가 멀어져 간 팔순, 칠순, 육순 생일도 잡아왔다.
　몇 해 전 뉴욕 딸네 집에서 식구가 다 모이고 언니네도 함께
모여 푸짐한 팔순 잔치를 했다. 그리고 칠순에는 언니랑 남편과
세 사람이 유럽 여행을 갔다. 여행을 마치고 돌아오는 날 심한
폭우로 비행기가 뉴욕공항에 갈 수 없어 워싱턴공항에 도착했다.
가이드를 놓친 세 노인은 "여기는 국제선 공항, 국내선 공항으로
가세요" 하는 말을 알아듣지 못해 몇 시간을 공항 로비에서 헤매
며 온갖 해프닝을 연출했다. 이십 년 이상 뉴욕에 살고 있는 언니
도 코 큰 사람들 말을 알아듣지 못했다. 그저 "아 엠 고 뉴욕, 아 엠

고 뉴욕"을 되풀이할 뿐이었다. 가이드가 찾아와서 희극은 막을 내렸지만, 그때 얘기를 할 때마다 우리는 "아 엠 고 뉴욕" 하며 웃었다.

그리고 육순에는 봉평리에 있는 동해 별장_{골장}에서 며칠 쉬었다. 골장은 울진과 죽변 사이 작은 방파제가 있는 바닷가에서 깊숙이 들어간 골짜기 마을이다. 골짜기 동쪽은 높고 울창한 산이고 서쪽 낮은 언덕에 옹기종기 집들이 누워 있는 작은 마을이 골장이다.

우리 별장은 넓은 언덕 위쪽에 있었다. 슬레이트 지붕에 흙바닥 부엌과 앞으로 여는 두 쪽 나무문이 출입문 겸 부엌문이다. 방 앞에 기다란 마루가 있는 두 칸짜리 작은 집이었다. 그러나 마당과 밭이 넓어 세 사람이 나누어 별장을 지을 예정지였다. 마당엔 오래된 나무들이 앞을 가리고, 큰 살구나무가 그늘을 만들어 주었다. 밭과 마당 경계에는 해당화 울타리가 있고 집 주변은 온통 대나무밭이었다.

마루에 앉으면 동해가 손에 잡힐 듯하고, 밤에는 오징어잡이 배의 반짝이는 불빛이 보였다. 낮에는 수영복 차림으로 내려가 길을 건너면 바로 모래사장이었다. 그 옆 방파제에 작은 고깃배가 들어오면 큰 문어와 잡어들이 가득했다. 바닷가 집 키 큰 여인은 문어를 삶아 길에 내놓고 우리 입맛을 다시게 했다. 방파제 쪽 길 밑에 차가 다닐 수 있는 넓은 터널이 있어 바닷가에서 바로 마을로 들어갈 수 있었다.

오두막 별장에서 삼십 분 거리에 덕구온천이 있다. 온천을 하고 나오면 남편은 먼저 나와 맥주를 들고 나를 기다렸다. 시원한 맥주를 마시는 나를 보면서 혼자 중얼거렸다.

"나는 이 세상에서 제일 아내를 사랑하는 사람이다."

자화자찬을 하고 평생을 그런 생각 속에서 사는 못 말리는 사람이다.

아침 일찍 죽변 항에 가면 만선으로 돌아온 오징어잡이 배들이 줄을 서서 기다리고, 넓은 공판장은 오징어가 산을 이루었다. 사람도 인산인해였다. 그러나 두세 시간 후에는 썰물이 지나간 듯 오징어도 사람도 없었다. 스티로폼 박스에 얼음과 오징어를 넣어 포장하면 서울에 와서도 오징어가 살아 있었다.

경북 맨 위쪽 바닷가 울진은 서울에서 먼 거리에 있다. 동해 별장에 갈 때는 대관령 구절양장을 넘어 강릉을 지나 산굽이를 돌고 돌아 옥계터널을 지나야 바다가 보인다. 산비탈 높은 언덕의 휴게소에서 바다를 내려다보며 숨을 돌리곤 했다. 법정스님도 강원도 오두막에 계실 때 이 휴게소에서 바다를 만난다고 하셨다. 그때는 도로가 완전히 정비되지 않은 때라 힘든 길도 많았다.

그러나 바닷가의 평화로운 마을과 넓은 해수욕장, 잔잔한 물가에 불쑥 솟은 작은 바위산 두 개는 달리던 나그네의 발을 멈추게 했다. 작은 바위산을 지날 때 나는 차창을 열고 "오른쪽 것은 내 산이야" 하며 손을 흔들어 내 것으로 입양했다. 푸른 솔이 두 그루 서 있는 작은 동산은 내 것이 되었다. '꼬마장군'이란 이름도 선사했다. 그 후 그 길을 지날 때마다 우리는 "아직 멀었나?" "더 가야 될 거야." "아, 꼬마장군 보이네. 오늘은 더 멋쟁이야!" 하곤 했다. 작은 바위산은 긴 여정의 이정표가 되어 우리에게 즐거움을 선사했다.

지금도 꼬마장군은 그 자리에 서서 무심한 주인을 기다리고 있을까? 어쩌면 나처럼 꼬마장군을 알아본 누군가에게 다른 이름을 받았을지도 모르겠다.

구름이 유난히 아름다울 때, 눈 덮인 관악산을 바라봤을 때, 눈에 들어오는 아름다운 것들을 다 '내 것'이라고 점찍는 내가 욕심이 많은 사람인지도 모르겠다. 법명도 있는 사람이 무소유를 실천하기는커녕 자연까지도 소유하려 드는 것인지도. 별 수 없는 속물인지는 모르겠지만, 내 것이라고 해서 나만 보려고 하는 것은 아니다. 이름을 붙여 주면 한 번 더 보게 되고, 무심히 지나칠 수가 없기 때문이다. 꼬마장군이 생각나고 보고 싶은 이유다.

딸과 손녀들의 축하 인사로 마음이 한껏 부푼 생일에 아득히 멀어진 이십여 년 전 젊은 날로 날아갔다. 추억이라는 무형의 선물을 듬뿍 받은 날이었다.

할미꽃 사진

몇 해 전부터 해외여행은 접기로 했다. 인도를 시작으로 미국과 유럽을 두루 다녀봤기 때문에 여행에 대한 아쉬움은 없었다. 이제는 집을 떠나 여러 날 돌아다니는 것도 힘에 부치고 집보다 편한 곳은 없다는 생각에 여행 계획을 세워 본 지도 한참 되었다.

그런데 친선 모임에서 그동안 저축한 돈으로 해외여행을 한다는 연락이 왔다. 여행을 주선한 사람은 개인사정은 봐주지 않겠다고 했다. 불참자는 그동안 낸 돈을 돌려받지 못한다는 것이었다. 전원이 참석하도록 하려는 단호한 결정이었다. 정 힘들면 호텔 방에서 뒹굴더라도 꼭 같이 가자는 말이 고맙게 들렸다.

여권을 찾아보니 기한이 지나 있었다. 연장을 해야 했다. 나간

김에 여권 신청까지 하고 올 마음으로 사진관에서 사진을 찍고
20분을 기다렸다.

사진사가 내미는 사진을 받는 순간 내 눈을 의심했다. 거기엔
실눈을 뜨고 있는 호호백발 할미꽃이 있었다. 지금까지 이 얼굴
로 의기양양하게 거리를 활보하고 다녔는가. 염색도 하지 않고,
눈썹도 다듬지 않고, 얼굴의 검은 점도 가리지 않고…. 숨이 막
혔다. 그 모두가 오랜 삶이 준 훈장이라 자랑하며 부모가 물려준
대로 살겠다고 다짐하던 마음에 땡땡, 종이 울렸다.

처음 볼 때는 젊은 사진사가 잘못 찍었나 했다.

"약간 웃으세요. 눈을 크게 뜨세요. 좀 더 크게 뜨세요."

나는 사진사의 주문에 웃음이 나서 한마디 했다.

"작은 눈이 크게 뜬다고 커지겠어요?"

"걱정 마세요. 약간만 수정을 해도 커질 수 있어요."

그렇게 큰소리를 치며 셔터를 수없이 눌러놓고도 이렇게 만들
어 놓다니!

사진을 가방에 넣고 인사도 하는 둥 마는 둥 사진관을 나왔다.
마음이 이상했다. 힘이 스르르 빠졌다. 여권 신청을 하러 가지도
않고 돌아오는 버스에서 사진을 슬쩍 꺼내 보았다. 몇 번씩 넣었
다 꺼내기를 반복했다. 지하철이나 버스에서 자리를 양보해 주
던 사람들의 표정이 떠올랐다. 이 얼굴을 보고 불쌍하게 생각했

을 것이다. 마음이 우울해졌다.

사진을 보자는 영감 말을 못 들은 척 "아, 덥다" 하며 방으로 들어갔다.

아이들의 반응이 궁금해서 사진을 카톡에 올렸다. 먼저 큰딸이 답을 했다.

"엄마, 눈 화장을 해 보세요. 얼마 전 내가 집에 갔을 때 했듯이 연하게 눈 화장을 하면 젊게 보여요. 고집 피우지 말고 그렇게 하세요."

그래도 큰딸이 낫다고 생각할 새도 없이 잔소리가 끝없이 이어졌다.

"엄마, 눈썹을 밀어서 가늘고 진하게 그리세요. 화가 프리다 칼로처럼 진하게는 하지 마시고, ㅎㅎㅎ. 옷도 새로운 스타일로 바꿔 보세요. 매일 입는 구닥다리 옷은 버리세요. 우리도 보기 싫어요. 처량하게 보여요. 엄마는 독일이나 영국의 노인들같이 너무 검소해요. 그런 삶도 좋지만 그러면 낙오자가 되고 기피의 대상이 되기 쉬워요."

처음엔 코디네이터처럼 말하더니 어느새 내가 살아온 세월까지 들췄다. 검소하게 사는 것이 낙오자나 기피의 대상이 될 수도 있다는 말에 어이가 없었다. 다른 딸의 반응도 큰딸과 별반 다르지 않았다.

"지금 우리나라 여인들의 화장과 의상은 세계 톱이에요. 성형 기술도 물론이고요. 지금 우리가 살고 있는 사회 분위기에 맞추어 살아야 해요. 엄마는 경제적으로도 풍요로운데 고집 세우지 말고 우리 말 들으세요."

"전에는 동창생 모임에서도 흰머리 여인이라 엄마가 제일 늙었다고 하면서도 당당하시더니, 우리 엄마가 왜 여권 사진 한 장에 마음이 우울하실까 모르겠네."

그러더니 너무 몰아세웠나 싶었는지 위로의 말을 보냈다.

"작은아이 대학 기숙사 보내고 10월 초에 갈게요. 힘내세요. 머리 염색, 눈썹 심기, 피부 재생 같은 거 다 해서 20년은 젊어지게 합시다. 다리가 아프도록 백화점 쇼핑도 하고요."

딸들이 더 극성이었다.

"엄마, 가을에 한번 다녀가세요."

아들은 그 한마디뿐이었다.

지금까지 보무도 당당하게 걸어온 내가 손발 끝으로 기가 다빠져 주춤거리고 서 있는 형국이다.

나는 무슨 말을 기대하고 사진을 올렸던 것일까. 예전이나 다름없다는 말을 기다렸던 것일까, 아니면 지금 이대로의 모습도 좋다는 말이었을까. 오히려 딸들이 당장 성형외과라도 데리고 갈 것처럼 과장되게 위로를 하는 것이 더 마음을 어지럽혔다.

이 할미꽃 사진으로 여권 신청을 할 것인지 단장을 하고 새로 찍은 사진으로 여권을 만들까 고민을 하다가 어느 날 문득 이런 생각이 들었다. 마지못해 응했다고 생각했는데 사실은 여행을 간다는 것에 설레고 있었다는 것을. 돈을 돌려받지 못하는 게 아까워서 나서는 것이 아니라는 것을. 새롭고 낯선 곳에 대한 기대와 호기심이 나를 흔들었던 것이다.

어떤 사진으로 여권을 만들지는 중요하지 않다. 새 여권을 만들어 떠난 나라에서 내가 호텔 방이나 지키고 있진 않을 것이라는 것은 분명하다.

3. 나를 키운 용담포 바다

나를 키운 용담포 바다

 재미 칼럼니스트 김재이 씨가 쓴 〈황해도 해주, 통일
한국의 수도〉를 읽었다. 짙은 안개 같은 의식의 밑바
닥에서 흐릿하게 넓은 백사장과 끝없는 바다가 서서
히 얼굴을 내밀고 올라왔다. 용담포다.

용담포는 내가 태어난 고향이다.

해주는 태백에서 뻗어 나온 멸악산맥 줄기가 서해에 이르러
솟구친 수양산 자락에 바다를 바라보며 정남향으로 용이 솟았다
는 용담포를 끼고 해주만 깊숙이 자리 잡고 있다.

우리 집은 바다에서 높이 솟은 평지에 있었다. 앞마당 끝의 낭떠
러지 밑은 용담포만으로 넓은 백사장이 끝없이 펼쳐지고 둥그런
만 끝에 있는 구멍바위가 집 마당에서도 아득하게 보였다. 구멍

바위와 우리 집은 반달의 양쪽 끝이고 가운데에 모래사장과 바다가 있다.

다섯 살 어린 나는 양지바른 빈터에 혼자 앉아 소꿉장난을 했다. 풀을 뜯고 사금파리로 벽돌을 갈고 있을 때면 언제나 햇볕이 포근하게 등허리를 감싸주었다. 그때 몸에 와 닿던 따뜻한 느낌은 지금도 잊히지 않는다.

어느 날 엄마가 신신당부를 했다.

"밖에 나가지 마라. 아버지 계신 곳에 가까이 가지 마라."

나는 엄마 몰래 밖으로 나왔다. 아버지와 나를 귀여워해 주던 회사 아저씨들이 철조망에 뱀을 걸어두고 숯불을 피워 구이를 하고 있었다. 가까이 다가서서 뱀 껍질 벗기는 것을 보았다. 껍질을 끝까지 벗기면 흰 살이 두 갈래로 또르르 말려 올라갔다. 굽는 냄새가 구수하고 맛도 있을 것 같았다. 그러나 나는 화가 나고 슬프기도 하고 답답하고 가슴에 무엇이 빙글빙글 돌고 눈물이 나왔다. 처음 느낀 이상한 감정이었다. 고개를 푹 숙이고 타박타박 걸어서 집으로 돌아왔다.

엄마를 따라 마당 끝 비탈진 언덕을 내려가면 백사장이었다. 어부들이 아가미를 쩍 벌리며 펄쩍 뛰는 황금색 조기를 돛단배에 가득 싣고 와서 동네 아주머니들을 기다리고 있었다. 펄떡거리며 뛰는 놈을 소쿠리에 연신 주워 담으며 엄마는 어부와 이야기를 나누고, 바닷물은 찰싹찰싹 돛단배를 때리고 있었다.

용담포는 하루에 한 번 바닷물이 나갔다가 들어왔다. 백사장에 나부끼던 파도가 잦아들면 멀리 구멍바위까지 갯벌로 변했다. 언니와 나는 반바지를 입고 맨발로 이웃 아주머니들을 따라 갯벌로 갔다. 양철통을 하나씩 들고 물 빠진 갯벌 한가운데까지 들어갔다. 발로 자분자분 밟으면 모래와 진흙의 부드러우면서도 모래 알갱이가 주는 까끌까끌한 촉감이 좋았다. 발끝이 간질간질하면 손을 쑥 넣어서 꼬물거리는 새우나 조개를 잡아냈다.

그 재미에 시간 가는 것도 몰랐다. 또 여기저기 있는 작은 바위를 밀치면 붉은색 게들이 눈을 껌벅이며 쏜살같이 옆으로 달리고 따라가면 어느새 숨곤 했다. 나는 뛰어가다 넘어지고 주저앉고 하는데 언니는 빨리 뛰어가 많이 잡았다.

어느 날 게가 언니 손가락을 물고 놓지 않았다. 언니는 맑고 푸른 하늘이 쩡쩡 울리도록 소리를 지르고 펄펄 뛰고 울면서 집으로 갔다.

나는 작은 양철통에 새우와 조개가 반이나 차면 그 넓고 먼 바다가 온통 작은 통에 다 들어온 듯 신기해서 입을 다물 수가 없었다.

바닷물이 때가 되어 스르르 밀려오면 모래밭으로 서둘러 뛰어나왔다. 돌아보면 바다는 엄마 몰래 놀다온 아이같이 천연덕스럽게 시치미를 떼고 발밑에서 잔잔하게 출렁이며 혀를 내미는 것 같았다.

집 앞 넓은 마당 끝에 서서 내려다보면 끝없이 넓은 흰 모래밭이 저 멀리서 반짝이고 텅 비어 한 사람도 보이지 않았다. 또 넓은 바다에 배가 떠 있는 것도, 며칠마다 조기를 싣고 오는 돛 단배가 둥둥 떠가는 것도 볼 수 없었다. 다만 조용하고 깨끗한 푸른 바다와 넓은 모래밭뿐이었다.

그곳이 내가 나를 찾아 떠난 길의 시발점이었나? 어쩌면 사람들의 진정한 소망은 자기 자신에게 도달하고 싶은 마음이 아닐까? 그 나그네의 시발점이 넓은 바다와 모래밭이었던 것이다.

우리는 용담포에서 해주 시내로 이사했다. 나는 아버지 자전거에 타거나 엄마 손을 잡고 언덕 위에 있는 유치원에 다녔다. 주말이면 아버지는 언니만 데리고 야구장에 가기도 했다. 그래서 나는 온 식구가 수양산 계곡으로 물놀이 가는 날이 좋았다.

학교 운동장 반만큼이나 큰데다 경사가 완만하고 반반한 바위 위로 물이 흘렀다. 그 위에 앉아서 목욕을 하고 미끄럼도 타고 구르기도 하면서 놀았다. 갈 때마다 많은 물이 끝없이 흐르는데 어디서 오는지 궁금했다. 그곳이 해주 시내의 동서남북 어디쯤인지 나는 지금도 모른다.

"수양산 물은 우리나라에서 가장 좋은 물이다. 흰옷을 입고 서울 장안에 가면 서울 사람 옷은 흰색이고 해주 사람 옷은 옥색이다."

엄마는 종종 물 자랑을 하였다. 서울이 어디 있는지 모르지만 엄마 말을 들으면 나도 해주 사람인 게 자랑스러웠다.

내가 태어나고 어린 날을 보낸 해주, 내 고향.

지금도 용담포 바닷물은 하루에 한 번 멀리까지 나가서 많은 이야기를 물고 돌아와 철썩이고 있겠지만, 모래밭을 뛰어가다 서서 수평선 너머를 하염없이 바라보던, 어른이 된 아이는 그곳으로 다시 돌아갈 수가 없다.

걸뱅이 꼬리표

어린 시절 만주에서 살다가 열두 살 때 해방을 맞이하였다. 우리 가족은 아버지의 고향 경주 할머니 집으로 왔다. 처음 학교에 가던 날, 아이들이 여기저기 모여서 웅성거렸다.

"자는 누고, 만주 거지 아이가?"

"일본 거지는 아이고, 만주 걸뱅이가."

낯선 말을 알아들을 수 없었다. 나도 모르는 사이에 만주 걸뱅이 꼬리표가 붙어 있었다.

검은색 남자 고무신에 검은색 한복저고리, 숭덩숭덩 가위질한 단발머리, 오랜 장질부사로 꾀죄죄한 내 모습이 책보자기 대신 깡통을 차면 더 어울릴 것 같았으니 그런 별명이 붙을 만했다.

그때 내가 아이들의 말뜻을 알았다면 학교에 다니지 않았을 것이다. 갑자기 변해 버린 환경에 어리둥절하였으나 학교 생활은 재미있었다.

매일 꽁보리밥에 저녁은 갱죽이었다. 갱죽은 채소와 곡식을 9 대 1 비율로 끓인 죽이다. 밀기울 수제비라도 들어가면 얼굴에 화색이 돌았다. 그래도 포식할 때는 며칠에 한 번 술도가에서 술지게미를 얻을 때였다. 그 맛이 시큼털털했지만 배 속에서 빨리 들어오라고 성화를 해대니 씹을 새도 없이 삼키는 것이었다. 포만감이 들 때쯤이면 머리가 띵하고 어질어질하여 누워야 했다.

바둑이도 술지게미 먹고 양지쪽에 두 다리를 뻗었다. 배가 많이 고픈 날은 술지게미를 얻어 오다가 한 줌 또 한 줌 몰래 먹었다. 맛이 참 좋았다. 그러나 집에 도착해서 "쟈 얼굴 좀 봐라, 홍시 같다"는 언니 목소리를 들으면 풀이 팍 죽었다.

엄마는 배가 고파 많이 울었다고 한다. 매일 저녁 갱죽을 가득 끓여도 끝에 남은 묽은 물만 마시니 배가 고파 잠이 오지 않았다는 것이다. 날이 밝기만을 기다리며 문만 바라보았다고 한다. 만주에서 피란 나올 때도 뱃가죽이 등에 붙어 걸을 수가 없었다는데, 할머니가 원망스러웠다. 작은 도장에는 곡식과 과일, 떡, 산자, 곶감 같은 먹을거리가 있었는데도 할머니는 아침저녁 거리를 내주고 도장 열쇠는 항상 주머니에 차고 다녔다. 할머니가 내주는 끼닛거리는 턱없이 부족하여 엄마는 굶는 날이 허다했다.

80리 길을 걸어서 외가에 갈 때는 신바람이 났다. 야트막한 토함산 모퉁이를 돌면 형상강이 나오고 강을 따라 더 걸으면 포항이었다. 외가는 흰쌀밥을 배가 터지도록 먹을 수 있는 천국이었다. 그때는 쌀자루를 머리에 이고 돌아올 때 엄마의 발걸음이 가벼운 줄 알았다. 그 쌀자루를 장롱에 몰래 숨겨 놓고 할머니가 안 계실 때 주먹밥을 해서 우리를 먹였다. 친정에서 쌀을 얻어오는 것도 한두 번이지, 배고픔에 한이 맺힌 엄마는 큰 결심을 했다.

어느 날 아버지가 출타하신 틈에 할머니 집에서 나와 골목 끝 작은 집으로 방을 얻어 이사를 했다. 그 방은 마루와 부엌은 없고 방 뒤쪽에 아궁이 하나가 있었다. 아궁이에 흙을 발라 솥을 걸고 가마니를 펴서 길게 늘어뜨려 삼면 벽을 만들었다. 거적때기 문을 들면 임시 부엌에는 솥 한 개뿐이었다. 밥을 지어 솥째 방으로 들고 왔다. 작은 방 한 칸이 부엌 겸 거실 겸 침실이었다.

엄마는 이사한 다음 날부터 행상을 나가고 언니도 일요일에는 따라갔다. 강 건너 마을을 찾아다니며 소금, 비누, 구리무 등을 쌀, 보리, 콩 같은 곡식으로 바꾸어 왔다. 몇십 리 길을 주먹밥으로 허기를 때우며 골목골목 다니면서 물물교환을 했다.

나는 매일 국물김치에 밥을 말아먹었다. 저녁밥을 지어 놓고 어두운 골목길 어귀 멀리까지 나가 엄마를 기다렸다. 희미한 그림자가 보이면 달려가서 곡식 자루를 받아 이고 돌아오곤 했다. 언니는 학교에서 돌아오면 북천 다리 너머까지 가서 엄마를 기다렸다가 무거운 곡식 자루를 이고 오기도 했다.

낮에는 같이 놀아줄 동무가 없어서 심심했다. 학교에도 친구가 없었다. 운동장에서 줄넘기, 땅따먹기, 공기놀이 하는 아이들이 부러웠지만 걸뱅이라고 끼워 주지 않았다. 혼자서 빙빙 돌다가 고개를 숙이고 교실로 들어갔다. 집으로 돌아올 때는 더 슬펐다. 우르르 몰려가는 애들이 너무 부러워서 힘이 쭉 빠졌다. 눈물이 찔끔 났지만 울지 않으려고 애썼다.

하루는 빈집에서 이리저리 헤매다가 허리까지 오는 양동이를 발견했다. 집에서 우물까지는 골목을 몇 번 돌아야 하는 먼 곳이었다. 처음에는 한 두레박 길어 두세 걸음 걷다 쉬고, 오른손에 들었다 왼손에 들었다 하여 옷이 다 젖었다. 그래도 너무 심심하여 매일 물을 길러 갔다. 얼마 후에는 두 두레박을 거뜬히 들고 올 수 있었다. 열 걸음 걷다 쉬던 것도 다음에는 스무 걸음에, 이를 악물고 서른 걸음에 쉬게 되었다.

양동이로 물 긷는 일은 재미있는 놀이가 되었다. 쉬고 숨을 돌리고 다음에는 저 모퉁이까지 가야지 마음을 다지고 또 걷는 놀이는 계속 되었다.

엄마는 행상을 접고 장바닥에서 노점상을 했다. 팔다 남은 곡식
은 집으로 가져왔다. 언니는 매일 저녁 시장에 출근하여 엄마를
도왔다.

엄마가 행상과 노점상을 하고, 집에서는 돼지도 키워 피란살이
의 배고픈 시기를 잘 넘길 수 있었다. 돼지죽은 내 담당이었다.
저녁에는 여러 집을 돌아다니며 구정물을 거둬 왔다. 친구 집에
는 들어가지 못하고 밖에서 엄마를 기다려 함께 들고 오곤 했다.

그 힘든 생활 속에서 추석날 분홍색 치마저고리를 처음 입었
을 때, 나는 마치 선녀가 된 듯 기뻤다. 동무들이 놀아줄 것 같아
발이 둥둥 떠다니는 것처럼 좋았다. 그때 처음으로 동무들과 같
이 놀 수 있었다. 고운 새 옷을 입고 같이 놀 동무도 생긴 것이
얼마나 좋았던지 물 긷는 것을 잊어버렸다.

그때는 월사금이 있어야 학교에 갈 수 있었다. 만주에서 피란
올 때 로스케들의 눈을 피해 구두 밑창에 숨겨온 시계가 아버지
의 마지막 재산이었다. 그 마지막 재산으로 언니는 중학교에 갈
수 있었다.

지가다비*를 신고 학교에 다녀도 언니는 노래를 잘 부르고
작문도 잘 해서 학예회 때마다 독창, 이중창을 하고 '내가 넘은

* じカたび : 노동자들이 신는 작업화. 왜버선 모양에 고무 창을 댐.

38선' 이란 작문으로 두각을 나타내니 만주 거지 꼬리표는 날아가고 대신 멋쟁이 꼬리표가 붙었다.

나도 반장이 되었다. 만주 거지라 놀리던 아이들도 동무가 되고 초등학교 졸업 때는 개근상, 군수상을 타고 어엿한 중학생이 되었다. 어느덧 나를 괴롭히던 그 걸뱅이 꼬리표는 떨어져 나가고 없어졌다.

친구들이 많아지고 함께 어울리면서 걸뱅이를 벗어난 줄 알았는데, 아직도 외로웠던 그때 내 모습이 불쑥불쑥 떠오르는 것은 왜일까?

멋쟁이 우리 할매

어느 날 학교에서 돌아온 언니가 심각한 얼굴로 이렇게 말했다.

"우리 할머니를 욕쟁이 할매라 카드라."

친구들이 수군거리는 말을 들었다는 것이었다. 나도 교실에서 '욕쟁이 할매집 만주 걸뱅이', '만주 걸뱅이' 하는 말을 여러 번 들었으나 경주 말에 익숙하지 않아 뜻을 알 수 없었다. 욕을 한다는 것은 나쁜 사람이라는 생각에 나는 풀이 죽었다.

우리는 8·15해방을 맞아 만주에서 경주 할머니 집에 와 살고 있었다. 집은 작은 초가삼간이고 뒷간은 담 모퉁이에 ㄱ자로 흙담을 쌓고 큰 항아리를 땅에 묻어 나무판자 두 개를 올려놓았는데, 사람이 앉으면 머리가 보이는 노천 화장실이었다.

갑자기 초라해진 환경에 익숙해지기도 전에 할머니마저 나쁜 사람이라니 더욱 마음이 우울했다.

'매일 꽃밭에 앉아 꽃 이름을 알려 주시는데 나쁜 사람은 아닐 거야.'

머리를 흔들어도 보았다.

'마음씨도 곱고 솜씨도 뛰어나고 옷맵시도 멋있고 항상 웃고 계시는데 나쁜 사람은 아닐 거야.'

나는 속으로 그렇게 생각하려고 애썼다.

할머니는 마당과 채소밭 사이의 좁은 꽃밭에 쪼그리고 앉아 채송화, 봉숭아, 당국화를 차례로 말씀해 주셨다. 만주에서는 그런 꽃을 보지 못한 열두 살 아이는 이름이 어려워 묻고 또 물었다. 할머니는 아기 머리 쓰다듬듯이 한 송이 한 송이 만지며 백일홍, 목단… 하셨다.

나는 매일 꽃 이름 배우는 재미에 마당에서 살았다. 그 좁은 꽃밭에서 나와 자연과의 만남이 처음으로 이루어졌다. 자연과의 만남은 아름답고 신비스러웠으며 가슴엔 아련한 아픔과 행복감이 충만했다.

할머니는 매일 아침 사립문을 열어 놓고 물을 뿌리고 마당과 골목길이 훤하도록 빗자루로 쓰셨다. 아침부터 거지 아이들이 우르르 몰려와서 '나무아미타불 관세음보살' 하고 인사를 하면 바가지에 미리 준비한 밥을 한 아이에게 두 숟가락씩 주고 다음에 오는 아이에게는 "오늘 아침에는 다 주었다. 나중에 오너라" 하셨다.

낮에 동냥하러 오는 어른들도 빈손으로 보내는 걸 보지 못했다. 때로는 동냥 바가지를 들여다보며 "우리 집보다 더 많은 양식을 얻었네" 하며 농담과 우스갯소리 하기를 좋아하고, 이야기는 더더욱 좋아하셨다.

밤에는 늦게까지 어사 박문수 이야기, 두꺼비 장가가는 이야기 등 많은 얘기를 해 주셨는데, 매일 밤 제목은 같았으나 매양 다른 줄거리가 줄줄이 이어져 나왔다. 졸음이 몰려와도 눈을 비비고 꾸벅거리면서 듣고 또 들었다.

어느 날 아버지께서 할머니가 젊었을 때 사또님 상에 칼국수를 올려 상을 받았다고 자랑하셨다. 할머니의 칼국수는 콩가루를 넣은 밀가루 반죽을 홍두깨로 종이같이 얇게 밀어서 머리카락같이 가늘게 썰어 맛이 있었다.

할머니 손이 지나가면 모든 음식이 일품요리가 되었다. 언제나 동네의 혼례, 환갑잔치 같은 잔칫날 큰상 차림에 초대되어 음식 솜씨를 발휘하셨다. 음식뿐만이 아니었다. 바느질 솜씨도 으뜸이었다. 새각시 새신랑 옷이며 도포, 장옷 같은 큰옷을 지을 때는 아예 그 집에서 며칠씩 머무르곤 하셨다.

그런데 이상한 것은 할머니 입안에 사탕이 들어 있는 것같이 늘 우물우물하시는 것이었다.

"할매요, 머 먹노? 눈깔사탕이가, 떡이가?"

언니와 내가 궁금하여 물어보면 할머니는 손으로 입을 쓱 문지르며 "이놈의 소생들아" 하며 웃으셨다. 입안에는 아무것도 없었다. 그래도 궁금하여 고모에게 물어보았더니 종일 쉬지 않고 염불을 하고 계시는 것이라 했다.

할머니는 설, 추석, 대보름같이 음식을 차리는 명절날에는 하루 종일 묵언과 금식을 하셨다. 종일 음식을 만지고 입은 우물우물 염불을 하면서 눈으로 말하고 눈으로 웃으며 음식을 나누어 주시던 그 모습이 한 폭의 아름다운 그림으로 지금도 아스라이 떠오른다.

나도 어느 초파일에 절에서 떡과 음식으로 손님들을 시중하면서 해가 질 때까지 금식을 한 적이 있다. 배에서는 꼬르륵 소리가 나고 침을 꿀꺽꿀꺽 삼키면서도 마음이 편안했다. 알 수 없는 기쁨이 솟아나 내 속에 어떤 보물이 들어온 듯, 다른 차원의 세상이 보이는 듯 즐거움으로 충만한 하루였다. 늦게야 그때의 할머니 곁으로 한 걸음 다가서고 좀 더 성숙해진 듯 뿌듯한 기쁨이 피어올랐다.

꽃을 좋아하시던 할머니는 나들이를 할 때 오른쪽으로 치마꼬리를 척 걷어 올렸다. 허리띠에 화려하게 수놓은 붉은색 주머니와 여러 가지 노리개를 달고, 하늘하늘한 흰 수건을 목에 둘러 길게 내리고는 약간 엉덩이를 흔들며 팔자걸음으로 걸었다. 언제나 개구쟁이 같은 웃음이 터져 나올 듯한 표정으로.

그러니 우리 할머니는 욕쟁이 할매가 아니라 멋쟁이 할머니셨던 것이다. 할머니의 차원 높은 위트와 유머를 이해하지 못한 사람들이 욕쟁이 할매라고 하였나 보다.

길 위에서 30일
- 만주로부터의 탈출

국민학교 5학년이던 8월 중순 어느 날이었다. 아침부터 배낭을 메고 양손에 가방을 들고 엄마와 언니와 집을 나섰다. 낯선 마을을 지나 나지막한 언덕에 도착했을 때는 거의 정오가 지나서였다.

일행들은 하나둘 앞서가고 우리만 남게 되었다. 엄마가 가방을 버리자고 했다. 언덕 밑으로 가방을 던졌으나 엄마 머리엔 무거운 보따리가, 손에는 가방이 또 남아 있었다. 계속 걷는다고 걸었으나 짐이 무거워 제자리걸음이었다.

그때 "엄마!" 하고 언니가 비명을 질렀다. 뒤돌아보니 들판에서 일하던 중국 사람이 큰 낫을 휘두르며 뛰어오고 있었다. 그들이 사람을 해치고 돈과 물건을 빼앗은 다음 여자들을 잡아가 굴

속에 가두어 둔다는 이야기를 수없이 들었던 터라 공포심은 말할 수 없을 정도였다. 죽을 판 살 판으로 뛰어서 고갯마루에 도착하니 아래쪽에 먼저 간 일행이 보였다.

"되놈이 와요! 되놈이 와요!"

목이 터져라 소리를 지르며 달려갔다. 그때 멀리서 아버지가 오는 것이 보였다. 이제 살았구나, 한숨 돌리는데 아버지가 역정을 내셨다.

"달구지 타고 오라고 보냈는데 왜 걸어왔느냐!"

아버지는 몹시 화가 나 있었다. 저녁 늦게 학교 마당에 도착하니 먼저 간 사람들이 모여 있었다.

다음 날 어두운 새벽에 큰 트럭에 올라탔다. 태어나서 처음 본 트럭이었다. 배낭에 엎드려 어느새 잠이 들었다가 웅성거리는 소리에 눈을 떴다. 어른들이 모두 일어서서 유유히 흐르는 큰 강물을 내려다보며 환성을 지르고 있었다.

"이제는 죽어도 한이 없다. 이제는 기를 펴고 살겠다."

서로 손을 잡고 웃으며 등을 두드리며 얘기하고 있었다. 나는 왜 다들 좋아하는지 몰랐다. 나도 자리에서 일어나 강물을 내려다보고 우리가 지나고 있는 다리도 보았다. 그 다리가 그 유명한 두만강 다리였고 그때가 8 · 15 광복절이었다.

밤늦게 어느 마을에서 쉬고 새벽에 떠나려는데 타고 온 차가 없어졌다. 밤사이에 로스케가 징발해 갔다고 한다. 그곳은 소련 군이 점령하고 있었다. 아버지들은 사방을 헤매고 다니다가 늦게 돌아오셨다. 고향까지 가려고 거금을 모아 어렵게 구한 차는 하룻밤 사이에 사라져 버렸다.

　허탈한 아버지들은 그래도 각자 짐을 안고 지고 허겁지겁 바삐 걷기 시작했다. 얼마 후 일행은 들판을 지나고 산모퉁이를 돌고 작은 냇물도 건넜다. 밭에는 감자와 콩, 옥수수가 많았다. 감자를 캐어 흙만 털어내고 먹었다. 앞서간 사람들이 많으니 빈집에는 물도 그릇도 없었다. 옥수수는 기둥만 서 있었다. 길가 빈집에서 눈을 붙이고, 날감자와 날콩을 씹으며 또 길을 떠났다.

　어느 산모퉁이를 돌아서니 그늘에서 마을 여인이 두부를 팔고 있었다. 손바닥으로 받아 다리를 뻗고 앉아서 맛있게 먹었다. 먹고 나니 졸음이 몰려왔다. "빨리 일어나서 걸어야지, 어둡기 전에 빈집이라도 찾지" 하는 어른들의 성화에 졸면서 따라갔다. 마을을 만나면 물은 얻을 수 있었으나 밥을 주는 집은 한 집도 없었다.

　어떤 곳은 곳곳이 폭격으로 집도 다리도 무너져 길이 없었다. 우리는 긴 철다리 위를 걷게 되었다.

　"발 밑은 보지 말고 앞만 보고 걸어라."

　아버지가 타이르셨다. 뒤따르는 엄마 머리의 무거운 보따리를 안쓰러운 눈길로 바라보시며 몇 번이나 같은 말을 되풀이하셨다. 언니는 엎드려 네 발로 기었다. 언니같이 네 발로 기는 어른도 몇 사람 있었으나 한 사람도 웃는 사람은 없었다.

어느 날 양계장 마을에 도착했다. 삶은 달걀만으로 아침, 점심, 저녁을 때웠더니 다음 마을에 도착했을 때는 배탈이 났다. 그 집 마당에도 길에도 피란민들이 앉거나 누워서 자고 있어 비집고 밖으로 나갈 수가 없었다. 마당 한쪽에 있는 깨진 장독대 옆에서 똥을 싸고 또 싸고 그 소리와 시금털털한 냄새에도 누구도 일어나 시비하는 사람은 없었다.

어느 날 높은 산그늘에서 쉬고 있는데 아버지가 말씀하셨다.

"여기가 금강산 끝자락이다."

그때 어떤 노인이 작은 손수레에 절인 생선을 가득 싣고 지나가고 있었다. 굶주려 기운 없는 우리를 보고 불쌍했는지 한 마리 주었다. 아버지가 연신 머리를 조아리며 받아서 손으로 한 점 떼어 드시더니 "아, 맛나다, 먹어라" 하며 우리에게 주셨다.

냄새도 나고 누렇게 변한 그 생선을 나는 먹지 않았다. 아버지가 임연수라는 생선이라고 했다. 옛날 어느 임금님이 드시고 너무 맛이 좋아 생선 이름을 물었다고 한다. 처음 잡은 생선이라 아직 이름이 없었다.

"누가 잡았느냐?"

임금님이 또 물었다.

"저 먼 동해 바다에서 어부 임씨가 잡았습니다."

그러자 임연수라 하라는 어명이 내려졌다고 한다. 그때는 내가 먹지 않으니 아버지가 평소처럼 재미있는 얘기를 하시는가 했다.

먼 훗날 수산시장에서 임연수라는 생선이 진짜 있다는 것을 알았다. 어느 한때 금강산 자락에서의 흐릿한 기억이 떠올랐다. 아버지의 웃음과 인정 많은 그 노인도 함께.

또 어느 마을 입구에서 쉬고 있을 때였다.

"저 집에 가서 된장 좀 얻어 오너라."

아버지가 말씀하셨다. 나지막한 돌담에 대문도 없는 집 앞에서 너무 부끄러워 쭈뼛쭈뼛하고 있는데 언니가 내 옆구리를 툭 쳤다.

"할머니, 된장 좀 주세요."

하는 수 없이 내가 말했다.

"아이고, 피란민 땜에 아무것도 없다."

그 말에 너무 민망하여 돌아서지도 못하고 우물쭈물 서 있는데 "아이들이 불쌍하구나" 하며 된장독 깊숙이 손을 넣어 달걀보다 작은 검은 뭉치를 내 손에 쥐어 주었다. 아버지는 그 검은 것을 손가락으로 찍어 맛있게 드셨다. 어린애들이 손가락으로 꿀을 찍어 먹는 것과 흡사했다. 그렇게도 맛이 있었을까.

우리는 먹으며 굶으며 산과 들과 마을을 지나 어느 큰 도시에 들어서게 되었다. 거리는 피란민들로 북적거리고 우리도 그 속에 휩쓸렸다. 그때 갑자기 소련군 비행기가 낮게 내려오더니 따따따 따발총을 쏘아댔다. 순식간에 아수라장이 되어 길 옆 개울가에, 밭고랑에, 집 모퉁이에 엎드렸다. 나는 길가에 세워 둔 큰 화물차 밑에 엎드렸다. 훗날 심심할 때마다 언니가 나를 놀렸다.

"쟤는 엄마 아버지 다 두고 혼자 살겠다고 큰 차 밑에 숨은 아이야. 그 차에 대고 따발총을 쏘고 있었는데."

그 폭격은 패잔병 소탕작전이라고 하는데 피란민들의 희생이 너무 많았다. 밭고랑에 엎드린 어느 가족은 한 사람이 죽었는데도 그대로 두고 떠나고, 한 남자아이는 등에 파편이 박혔는데도 그대로 걸어갔다.

몇 차례 따발총 세례를 받을 때마다 배를 땅에 깔고 구르고 기고 뛰니 걸음이 점점 빨라져 우리는 살아남는 방법에 익숙해졌다. 그렇게 해서 간신히 어느 기차역에 도착했다. 엄청나게 큰 피란 열차에 하도 많은 사람이 타고 있어서 기차인지 사람 행렬인지 구분이 어지러울 정도였다.

그러나 그곳이 어디인지 나는 기억하지 못한다.

피란 열차

집을 떠나온 지 얼마나 되었는지 알 수 없었다.

두만강을 건너고 수차례 따발총 세례를 받아가며 군인들의 감시를 피해, 큰길은 엄두도 못 내고 샛길만 찾아 걸었다.

드디어 멀리 사람들의 무리가 보였다. 피란 열차가 서 있었다. 멀어서 그런지 어린 내 눈에는 먼지를 뒤집어쓴 기차가 튀김가루를 덮어쓴 기다란 벌레 같아 보였다. 검은색은 보이지 않고 온통 흰 가루를 쓰고 있었다. 그러나 그곳에도 군인들이 서성대고 있어서 무서웠던 기억이 난다.

난생 처음 그렇게 많은 사람들을 보니 눈이 빙빙 돌았다. 기차 지붕뿐 아니라 문간에도 사람들이 **빽빽**이 타고 있었다. 아직 매달리지 못한 사람들은 손을 흔들며 소리를 지르고, 지붕에서는 손을 잡아당기고 밑에서는 엉덩이를 밀어 주고 기어오르는 등 아수라장이었다.

피란민들은 누가 시키지도 않았는데 약속이나 한 듯 모두 흰옷을 입고 있었다. 만주에서는 흰옷 때문에 중국 사람들과 구별되었는데 우리나라에서는 일본 사람과도 구별이 되니, 우리가 조선 사람임이 은근히 자랑스러웠다. 그때 일본 패잔병도, 빨리 떠나지 못한 일본 사람들도 흰옷을 입고 피란민 속에 섞여 있었다는 소문이 퍼졌다.

우리는 그 흰 물결 사이에서 이리저리 떠밀려 겨우 맨 앞 기관차까지 갔다. 기어오르고 매달리고 뒤엉킨 사람들이 부러워 그 앞에 한참 동안 서 있었다. 그때 기관차 안에서 로스케 한 사람이 내려와 우리를 이리저리 살펴보더니 기관차 지붕에 앉은 사람들을 비집고 올려 주었다. 아버지가 소련말로 고맙다고 인사를 했다. 눈동자가 파랗고 코가 피노키오같이 생긴 그 군인이 햄과 소시지를 넣은 수프와 건빵 몇 봉지를 주었다. 아마 우리 자매를 보고 멀고먼 시베리아 고향 집에 두고 온 어린 누이가 보고 싶었던 것이었을까?

수프 냄새가 싫었으나 배가 고파서 정신없이 퍼먹었다. 다 먹고 고개를 들었을 때 주위 사람들이 부러운 눈빛으로 우리를 보고 있는 것을 알았다. 미안하고 쑥스러웠다. 남의 물건에 손을 댔다가 들켰을 때처럼 부끄러워서 고개를 돌려 아버지에게 호소하고 싶었으나 아버지는 아득히 먼 하늘만 바라보고 계셨다.

기차는 가다 서고 또 가다 서다를 반복했다. 철길 옆에 사는 마을 사람들이 국수, 밥, 떡 같은 것을 들고 줄을 서서 피란 열차를 기다리고 있었다. 기차가 서면 아버지는 뛰어가 국수를 후루룩 마시고 때 묻은 수건에 떡을 싸가지고 뛰어오시곤 했다. 어느 때 기차는 들판 한가운데 서서 움직이지 않았다.

"죽일 놈들, 또 소 잡아 먹으러 갔구먼."

누군가 옆에서 중얼거렸다. 모두들 못 들은 척 눈을 감고 기차가 움직이기만을 기다렸다. 어떤 로스케는 양쪽 팔뚝에 시계를 주렁주렁 차고 거들먹거리며 지나갔다.

"저들은 정식 군인이 아니야. 죄수들을 풀어서 임시 군에 투입한 병사들이니 조심해야 한다."

누군가 작은 소리로 말했다. 젊은 여자들은 얼굴에 흙을 바르고 남자 옷을 입고 머리를 숙이고 있었다. 사람들은 불안한 눈길로 가슴을 죄며 주위를 살피고, 기차가 움직이면 한숨을 쉬고 멈추면 가슴을 졸였다.

어느 역에서 또 기차가 섰다. 아버지가 뛰어내려갔다가 돌아오기도 전에 기차가 움직였다. 기차가 설 때마다 오래 머물렀는데 무슨 일인지 다 타기도 전에 출발한 것이었다. 여기저기서 울부짖고 발버둥을 쳤으나 더 속력을 내어 달려갔다.

"저놈들이 장난질을 한다. 미친놈, 죽일 놈, 거지새끼들!"

사람들이 소리를 지르며 욕을 퍼부었으나 기차는 멈추지 않았다. 우리도 달리는 기차 지붕에서 아버지를 애타게 부르며 울부짖었다. 이대로 영영 아버지를 볼 수 없는 것인가, 생각만 해도 무서웠다. 엄마는 우리 손을 꼭 쥐고 "여기까지 와서 헤어지다니…" 하며 머리를 숙이고 이마를 맞대며 중얼거리기 시작했다. 아마어떤 위대한 존재를 향해 간절히 도움을 청했으리라 생각되어 가슴이 먹먹했다.

길고 긴 시간이 흐르고 난 후에야 기차가 섰다. 그런데 기차를 놓친 줄 알았던 아버지가 돌아오셨다. 어떤 고마운 이가 한 손을 잡아 주어 겨우 매달릴 수 있었다고, 다른 사람의 발등을 밟고 매달려 왔다고 했다.

"발 위에 발 또 발, 손 위에 손 또 손, 등과 가슴은 하나가 되고 위쪽 사람은 아래쪽 사람의 어깨와 옷자락을 잡아당기고, 서로 도우며 왔다."

아버지는 쓸쓸한 표정으로 담담하게 말하고 고개를 숙이고 울었다. 우리도 따라 울었다. 나는 그렇게 눈물을 펑펑 쏟는 아버지를 처음 보았다.

드디어 기차가 서고 더 움직이지 않았다. 종착역이었다. 길은 여름 홍수 때 흙탕물이 넘치듯 사람의 물결로 넘쳐나고 아수라장이 되어 남쪽으로 흘러가고 있었다.

언젠가 한 번쯤 찾아가고 싶어도 그곳이 어디였는지 나는 모른다. 그런데 지금도 햄 소시지 냄새를 맡으면 허기진 슬픈 눈동자가 또렷이 떠오른다. 건빵 속에 들어 있는 색색의 별사탕을 입에 넣을 때면 그때 사람들의 눈을 피해 몰래 입안에서 굴리던 그 느낌도 고스란히 떠오르곤 한다.

아버지, 38선을 넘다

어느 날 피란 열차는 작은 역에 멈추어 서서 움직이
지 않았다.

우리는 다시 또 걸어야 했다. 많은 사람들이 서로
부르고 대답하고 소리 지르며 한꺼번에 뒤엉켜 아수라장이 되었
다. 조금도 한눈을 팔 수가 없었다. 나는 언니 손을 꼭 잡고 아버
지 허리에 묶은 수건을 잡고 가다가 손을 놓쳤다. 사람들의 손길
에 발길에 밀리고 차이면서 아버지를 부르며 큰 소리로 울었다.

"가지 말고 그 자리에 서 있어라."

얼마 후에 내 이름을 부르는 아버지의 쉰 목소리가 들려왔다. 점
점 사람들이 멀어지고 멀리 있는 언니가 보였다. 아버지는 눈이
붉게 충혈되었고, 엄마는 땀을 뻘뻘 흘리며 눈을 흘겼다. 그래도

쉬지 않고 빨리 걸었으나 앞사람들은 점점 멀어지고 우리만 남았다. 이리저리 둘러봐도 집도 없고 밭도 보이지 않는 험한 산길을 무서워 떨면서 종일 굶고 걸었다. 우리는 배가 많이 고프지 않았는데, 훗날에 엄마가 말했다. 그때 얼마나 배를 곯았는지 뱃가죽이 당겨서 걸을 수가 없었다고. 흉년에 아이는 배 터져 죽고 어른들은 굶어 죽는다고 했는데, 엄마는 얼마나 배가 고팠을까.

어느 강가에서 냇물을 건너다가 엄마가 미끄러져 넘어지면서 둥둥 떠내려갔다. 우리는 울부짖으며 엄마를 잡으려고 같이 떠내려가고, 앞서 가던 아버지가 되돌아와서 겨우 기슭으로 올라왔다. 그때까지도 엄마는 머리 위의 짐을 두 손으로 꼭 잡고 있어 보따리는 물에 젖지 않았다.

그 속에는 딸 시집 보낼 때 쓰려고 장만한 중국 비단이 들어 있었다. 그 비단 옷감이 자기 목숨보다 소중했을까? 시간이 흐르고 엄마 정수리는 흉하게 대머리가 되었으나 그 비단 옷감은 힘들고 배고픈 피란살이에 큰 보탬이 되었다.

강기슭에서 아버지가 "물을 많이 많이 마셔라" 하며 엎드려서 끝없이 물을 마셨다. 우리도 손으로 막 퍼마셨더니 배가 두둑해져서 저녁 늦게까지도 잘 걸을 수 있었다.

묻고 또 물어서 사람들이 많이 모여 있는 임진강이라는 넓은 강기슭에 닿았다. 벌써 38선이 생겨서 군인들이 강을 건너지 못하게 막고 있었다. 강기슭을 오르락내리락하며 강가에서 며칠 밤을 지새며 강을 건네주는 나룻배를 찾았다. 배삯이 비쌌다. 돈이 없어 배를 타지 못한 사람들이 강가에 서성이고 있었다.

아버지도 돈이 없을 것이 분명했다. 여러 마을을 지나오면서 몇 번이나 국수고 떡이고 먹음직한 주먹밥을 못 본 체 침만 삼키며 지나왔는데 걱정이 되었다. 그때 아버지가 돌아서서 허리춤에서 종이뭉치를 꺼내는 것이었다. 우리는 무사히 배에 오를 수 있었다.

강을 건너고 안심할 새도 없이 따발총 소리가 났다. 그 소리에 모두 엎어지고 자빠지며 무릎과 팔로 기어서 달아났다. 얼마 동안 죽자 살자 기어서 높은 산 밑에까지 갔을 때야 총소리가 멈추었다. 뱃사공과 군인들이 돈을 받고 보내 주고는 빨리 없어지라고 모래사장에 대고 쏘았다는 것을 산을 넘고서야 알았다.

총소리는 멎었으나 짐도 없는 맨몸인 사람들은 앞사람 꽁무니만 보고 산을 기어올랐다. 네 발로 기어오르다가 아래를 내려다보니 맨 밑에 아버지가 누워 있었다. 언니와 나는 엉덩이로 미끄러지며 내려갔다.

"나는 더는 못 가겠다. 이 산만 넘어가면 안전하다. 빨리 너희들만 넘어가라."

아버지는 일어나지 못했다. 아버지는 우리나라 지리를 잘 알고 있는 양 우리가 갈 곳을 얘기하셨다. 둘이서 아버지 배낭을 끌어올리고 다시 내려가서 울면서 아버지를 부축해서 오르고, 몇 차례나 오르락내리락하며 높은 정상까지 오를 수 있었다. 땀은 비 오듯 흐르고 힘은 다 빠지고 헉헉거리며 벌렁 바닥에 누웠다. 제일 힘든 길이었다.

언니는 다시 내려가서 무거운 보따리를 질질 끌고 오르는 엄마를 도왔다. 아버지 배낭은 무거웠다. 아버지 양복으로 떡 두 개, 엄마 비단 옷감으로 주먹밥 세 개, 옷은 모두 바꾸어 먹었는데 배낭은 아직도 무거웠다.

우리는 쉬지 않고 걸어 나룻배로 38선을 넘었다. 아버지는 남쪽 들판이 보이는 정상에 앉아 살아 있는 부처님인 양 눈을 감고 움직이지 않았다. 감은 눈에서 흐르는 눈물이 말을 하고 있었다.

부산상고 시절에는 야구선수로 일본 동경에서 열린 경기에도 출전하고, 학생들과 일본 경찰과의 싸움에서 주동자로 몰려 이리저리 숨어 다니다 퇴학당하고, 다시 복학하여 졸업하고 서울 조흥은행에 취직하였다. 그러나 끈질긴 경찰 감시망을 피해 황해도 해주에서 근무하다가 자유를 찾아 만주에서 지냈다. 이제 8·15해방을 맞아 고향으로 가고 있는 아버지의 심정을 눈물이 말해 주고 있었다.

산을 내려와서도 끝없이 걷고 걸어 작은 마을에 도착했다. 그곳에서 30여 일의 힘들었던 걷기는 끝이 났다. 그곳은 강원도 어디쯤이었던 것 같다. 기차를 타고 밤늦게 안동역에 도착했다. 역 앞 피란민 수용소에서 주먹밥을 먹고 사람들 틈에 쭈그리고 앉아 밤을 새우고 다음 날 아버지 고향 경주에 도착했다.

엄마는 고향에 왔다고 좋아하였으나 나는 아무런 감흥도 나지 않았다. 피란민으로 꽉 메운 차 속에서 멍하게 앉아 있었다. 그때가 9월 중순이 지났으니, 만주 우리 집에서 경주까지 30여 일 길 위에 있었다. 그러나 어제 아침에 집을 떠나온 것 같았다. 마치 미끄럼틀을 타고 길 위를 단숨에 미끄러져 내려온 느낌이었다.

경주 시내는 호열자, 장질부사로 집집마다 아픈 사람들로 들끓었다. 우리도 차례로 장질부사에 걸렸다. 약도 돈도 없으니 매일 쑥물과 익모초 물로 씨름하였다. 익모초 물은 말로는 표현할 수 없는 쓰디쓴 맛이었다.

나는 먹지 않으려고 발버둥치고 할머니는 등 뒤에서 두 손을 잡고, 아버지는 다리로 두 다리를 누르고, 코를 쥐고 숟가락으로 혀를 누르고…. 지금 생각하니 그 광경은 아무리 참으려 해도 웃음이 나오는 흑백사진이다.

그것은 고향으로 무사히 돌아왔다는 안도감과 할머니와 아버지, 두 분이 내 곁에 있어 행복했던 기억으로 남아 있기 때문이다.

제2의 고향

경주는 나의 두 번째 고향이다.

해주 용담포에서 태어나 유치원 때 만주에 가서 살다
가 국민학교 5학년 때 해방을 맞아 할머니가 계신 경
주로 와서 살게 되었다.

그곳은 초가집 십여 채와 우리 집만 덩그러니 첨성대를 바라
보고 있는 들 한가운데 있는 작은 마을이었다. 집은 회사 사택으
로 일본식 집이었다. 방 두 개와 부엌, 목욕탕, 화장실, 현관 그
리고 넓은 거실과 긴 복도에 유리창이 여덟 개 있었다. 외부와
차단되어 있는 지금의 20평 정도의 아파트 내부와 비슷했다. 집
옆 큰 창고에는 탁구대가 두 개 있었고, 나무판자로 만든 아담한
담장과 대문도 있었다.

집 앞 넓은 길은 서울에서 부산으로 이어지는 비포장 국도였다. 그 길은 미추왕릉을 지나 첨성대, 반월성, 안압지를 옆에 끼고 멀리 괘릉을 바라보며 내려가다가 불국사 토함산을 지나 부산까지 가는 길이었다. 그때는 집에서 불국사까지 꽤 멀었지만 걸어 다녔다. 6·25전쟁 전에는 하루에 한두 번 소달구지밖에 지나가지 않는 한가롭고 넓은 길이었다.

동쪽으로 이어지는 길은 기차역으로 이어지고, 그 옆 논 사이 작은 오솔길은 마을을 지나 학교와 시내로 이어지는 좁다란 지름길이었다. 봄이면 논둑에 작고 예쁜 보라색 제비꽃이 웃고 있었다. 나는 그 자리에 주저앉아 꽃과 눈도 맞추고 입도 맞추었다. 시를 읊어 줄 때도 있었다.

"보라색은 21세기 색이다."

큰 소리로 영어로 말해 주고, 뚜벅뚜벅 가까이 다가오는 21세기에 대하여 희망과 꿈을 말해 주면 제비꽃이 생글생글 웃으며 고개 숙여 듣고 있는 것 같았다. 보라색 앉은뱅이 꽃은 내게 '아이 러브 유'를 가장 먼저 들은 고운 님 첫사랑이었다.

"안녕, 내일 다시 만나. 사랑해."

아는 영어 단어를 모두 쏟아붓고서야 일어섰다.

하늘은 물속에 잠긴 금강석처럼 투명하고 흐르는 흰 구름이 하도 고와서 나도 모르게 "구름아, 너희들이 있는 한 나는 절망

하지 않겠다" 하고 구름과 약속을 했다. 그 언약은 지금도 잊지 않고 있다. 나는 커다란 하늘 한 조각을 간직하게 되었다.

그 후 헤르만 헤세의 《페터 카멘친트Peter Camenzind》을 읽고 '나와 통하는 사람이구나' 하는 건방진 생각을 하기도 했다. 하룻강아지 범 무서운 줄 모르는 때였다. 그 어벙한 강아지는 그의 모든 작품을 읽고 즐기며 지금도 짖고 있다.

종종 친구와 경주 서산선도산 자락에 있는 무열왕릉을 지나 산중턱에 있는 절까지 산행을 했다. 우리가 모든 사람들의 슬픔과 고뇌를 경험한 듯 말하고 한숨짓고 아는 척하고 또 성인들의 그 높은 경지도 다 체험한 듯 서로 잘난 척하며 우울한 표정을 짓기도 했다.

산 그림자가 짙어지면 돛단배에 생선을 가득 싣고 돌아오는 어부같이 뿌듯한 기쁨을 안고 돌아오곤 했다.

어느 늦은 봄날 아침에 가방을 들고 집을 나서니 저만치서 친구가 반겼다. 그때 부슬부슬 비가 내리기 시작했다. 우리는 뛰어가서 우비를 가져올까 말까 망설이다가 서로 바라보며 웃었다.

"그냥 가자."

"응, 그래. 그러자."

순간 남모르게 음모를 꾸미는 것같이 야릇한 기쁨이 솟아났다.

우리는 이야기를 나누며 천천히 걸었다.

"야, 내 우산 같이 쓰자."

한 반 친구가 비를 맞고 있는 우리를 보고 달려왔다.

우리 둘은 못 들은 척 눈길도 주지 않고 앞만 보고 걸었다. 그 친구는 입을 삐죽이며 빨리 걸어갔다.

행인들과 남학생들이 길 한복판에서 비를 맞고 천천히 걷고 있는 우리를 힐끔힐끔 쳐다보았다. 마치 개선장군이라도 된 양 기분이 좋았다.

교문에 들어서니 우리 교실 창문을 모두 열어젖히고 친구들이 내다보며 수군거렸다. 홀연히 유명 인사가 되었다.

흐르는 빗물을 닦지 않고 뚝뚝 떨어뜨리며 교실로 들어갔다.

"문둥이가시나들, 지랄병한다."

"저 가시나들 미쳤는갑다."

"꼴 좋다, 쥐새끼 같다."

"잘난 척하는구나."

한마디씩 흉을 봤다. 친구들이 뭐라고 해도 괜히 기분이 좋았다. 우리는 한동안 온 동네 입방아에 오르내렸다.

휴일이면 그 친구와 거의 매주 첨성대에서 출발하여 반월성, 석빙고를 지나 안압지까지 갔다. 계림을 지나 반월성에 오르면 중턱에 석빙고가 있었다. 겨울에 얼음을 채취하여 저장하던 얼음 창고다. 안이 어둠침침하여 들어가지 않고 언덕을 내려와 걸으면 안압지가 보였다.

안압지는 신라 때 인공으로 만든 연못이고, 처음 이름은 월지
月池였다. 우리는 그때까지 남아 있던 임해전에 올라가서 마룻바
닥에 주저앉아 물을 내려다보며 보이지 않는 물고기를 '보았다,
아니다, 없다' 하며 서로 싸우기도 하고 연못 가장자리를 빙빙
돌며 놀기도 했다.

어느 날은 반월성 언덕 풀밭에 다리를 길게 뻗고 앉거나 배를
깔고 누워서 '베사메 무쵸'를 시작으로 '메기의 추억', '나 하나
의 사랑' 같은 유행가를 부르기도 했다. 사회자도 박수 부대도
없는 넓은 언덕은 우리만의 무대였다.

신라의 궁궐터인 반월성은 돌과 흙으로 쌓은 성으로 반달처럼
생겼다고 붙여진 이름이며, 정식 명칭은 월성月城이다. 반월성
고개를 넘으면 남천南天이다. 큰 개울이 반달을 그리며 흐른다.
그곳이 우리 마을 빨래터였다.

엄마는 삶은 빨래를 이고 나는 방망이 두 개를 들고 남천에 빨
래하러 자주 갔다. 언니와 같이 갈 때는 그때마다 싸우고 울고 옷
이 흠뻑 젖어서 돌아와 엄마 꾸중을 들었는데, 왜 싸웠는지는 모
르겠다.

나는 엄마가 다림질을 하자고 할 때가 제일 싫었다. 엄마는 언
제나 밤에 다림질을 하셨다. 졸음이 와서 꾸벅꾸벅 조는데 잘못

잡는다고 야단을 치고 숯불이 시들면 몇 번이나 마당에 나가서 부채로 불을 살려야 했다. 그때의 다리미는 수프 접시 같은 쇠붙이로 긴 나무자루가 있었다. 숯불을 담아 옷을 죽 펴고 발로 밟고 맞은편에서 두 손으로 들어올려 옷감이 바닥에 닿지 않게 해서 다렸다.

6·25전쟁 후에 아버지가 대구에서 물을 넣으면 수증기가 나오는 독일제 다리미와 나의 손목시계, 가죽구두를 사 오셨다. 나는 다리미가 시계나 구두보다 더 좋았다.

여름방학에는 매일같이 논둑에 앉아 줄을 당겨 후르르 새들이 날아가면 큰 소리로 노래 부르고, 훠이~ 소리치며 또 줄을 당기고, 새 보기는 참 재미있는 놀이였다. 휘파람을 멋지게 불어보려고 폼을 잡고 아무리 연습을 해도 잘 불어지지 않았다. 휘파람 불기는 내가 못하는 것 두 가지 중 하나다.

6·25전쟁이 나서 피란 떠나는 날 언니와 덜 익어서 누릿누릿한 옥수수와 살구를 따고 있었다.

"누가 먹더라도 익도록 두어라. 인민군이 먹어도 괜찮다."

아버지가 말씀하셨다. 언니와 나는 종종 '인민군이 먹어도 괜찮다'고 하시던 아버지를 그리워하며 자연의 순리대로 살아가라는 뜻을 다시 되새겨 보았다.

나는 모교에서 햇병아리 선생이 되고 연애를 하고 결혼하여 무릉도원을 떠났다.

　지금도 그 마을 논둑에는 보라색 제비꽃이 곱게 피어 나를 기다리고, 푸른 하늘을 떠도는 흰 구름도 기나긴 방랑의 길을 걷고 있는 나그네를 보고 있겠지.

　생각의 갈피를 헤집지 않아도 살짝 윙크만으로 줄줄이 이어져 나오는 고향 마을의 추억은 언제나 싱그럽다.

아버지의 향기

아침 일찍 통일호를 타고 부모님 계신 곳으로 갔다.

전날 경동시장에 갔을 때였다. 많은 인파 속에서 아버지가 평소와 다른 무표정한 모습으로 나를 보고 계셨다. 반가움과 놀라움에 다가가려는데 인파 속으로 사라져 버렸다. 한참을 멍하니 서 있었다. 다시 물건을 고르다 고개를 돌리니 또 그 자리에 서 계셨다.

며칠 전에 아버지가 편찮으시다는 소식을 접한 후라 가슴이 덜컹 내려앉는 것 같아 서둘러 집으로 돌아왔다. 언니에게 같이 가자고 말했지만, 언니는 하루 더 있다 온다고 해서 먼저 아버지를 보러 가는 길이었다.

몇 해 전 우리는 남편이 사업에 실패하여 밀양 표충사 근처로

이사해서 여관업을 했다. 아버지는 딸의 처지를 딱하게 여겨 도
와주시겠다며 고향을 버리고 밀양으로 이사를 하셨다. 그러나
우리는 마지막 한푼까지 다 털고 다시 서울로 올라왔고, 부모님
은 낯선 타향에 남아 그대로 살고 계셨다.

아버지가 좋아하시는 홍합과 호박을 사들고 마지막 버스를 타
고 들어갔다. 그 마을에는 하루에 세 번 버스가 다녔다. 아버지
는 자리에 누워 계셨지만 반갑게 맞아주어 마음이 놓였다.

"아버지, 어디가 아파요?"

"며칠째 힘이 없고, 밥이 먹기 싫다."

"그렇게 좋아하던 약주도 싫어하신다."

엄마가 거들었다.

평소 좋아하시던 홍합 넣은 호박나물을 해 드리자 조금 드시
고는 수저를 놓으며 "아, 맛나다" 하셨다. 맛나다, 괜찮다, 이 말
은 아버지의 단골 메뉴로 어떤 음식이든 드신 후엔 언제나 "참
맛나다, 잘 먹었다" 하셨다.

해방을 맞아 만주에서 피란 올 때 금강산 끝자락 어느 산길에
서 누렇게 절은 임연수를 얻어서 한 점 떼어 드시곤 "맛나다, 먹
어라" 하시던 그때 모습이 새삼 떠올랐다.

저녁에는 어렸을 때처럼 아버지 이불을 같이 덮고 누워 이리
저리 몸을 만져보고 손을 꼭 잡고 이런저런 이야기를 하다 잠이

들었다. 평소 같은 아버지 냄새에 마음이 흐뭇하고 행복했다. 그러나 아버지의 몸과 손은 따뜻하지 않았다.

다음 날 언니 대신 큰조카가 온다고 하였다. 가게에서 맥주와 초코파이 과자를 사 왔다. 만주에 살 때 아버지가 집에서 맥주를 드시면 언제나 내가 상대가 되어 드리곤 했었다. 지금도 언니는 종종 그때 얘기를 하곤 한다.

"쟤는 아버지 술친구야. 맛있는 안주는 쟤가 다 먹었어."

옛이야기를 하면서 맥주를 따라 드렸지만 아버지는 드시는 시늉만 하고는 맛이 없다고 하셨다. 그렇게 좋아하던 술이 맛이 없다니….

버스가 도착하는 시간에 아버지를 부축하고 마당에 나가서 낮은 담에 기대어 조카를 기다렸다. 화창한 봄날 반짝이는 나뭇잎을 보면서 이런저런 얘기를 하고 있는데 멀리서 큰조카가 오고 있었다. 아버지는 무척 반가워하시며 한 손을 들어 "야, 유성아" 하고 부르다가 쓰러지셨다. 그리고 그대로 내 품에서 돌아가셨다. 한발 늦은 손자가 "할배요, 할배요" 하며 흐느껴도 대답이 없었다.

나는 물수건으로 머리에서 발가락까지 깨끗하게 닦아 드렸다. 그리고 평화롭게 잠드신 아버지의 왼쪽 젖꼭지를 만져 보았다. 아버지 입꼬리가 움직이며 미소를 지으시는 것 같았다. 나는 어릴 때 아버지 젖꼭지를 만지고 당기기를 좋아했다. 등목을 해 드릴 때도 왼손으로 등을 미는 척하다가 슬며시 왼쪽 겨드랑이 밑으로 젖꼭지를 만지고 당기면 "이놈아, 간지럽다" 하며 웃으셨다.

그날도 그때 모습 그대로였다. 나는 안다, 아버지 마음을.

아버지 몸에서 은은한 향기가 났다. 그 향기는 아버지와 함께 했던 시간으로 나를 이끌었다.

아버지는 보통의 체구에 일반적인 한국 사람 얼굴이다. 이웃에서 법 없어도 살 수 있다, 부처님 가운데 토막이란 말을 듣는 선량한 분이었다. 그러나 박식함과 예지는 감춰 놓고 어수룩하게 보이려 했다. 아는 척하지 않았다.

취미는 야구, 매일 야구 중계를 들었으니 곁에서 듣고 산 엄마도 무슨 일이 있을 때마다 '홈런이다', '구회 말부터'는 말을 종종 하셨다. 젊은 날 황해도 해주에 살 때는 큰딸 손을 잡고 주말마다 야구장을 찾는 야구광이었다.

아버지는 가끔 두 손바닥을 맞대고 뻗어서 오른손 가운뎃손가락 한 마디가 더 긴 것을 보여 주며 부산상업학교 학생 때 야구선수였음을 자랑하시곤 했다. 그때 일본 동경에서 열리는 경기에도 출전하셨다.

자식이라곤 딸만 둘이었다. 그러나 아들을 얻으려 하지 않았다. 할머니가 아버지 밥상머리에 앉아 상을 물릴 때까지 설득하다 못해 화를 내거나 욕을 해도, 여자를 집에 데리고 와서 며칠씩 묵게 해도 할머니의 말을 듣지 않았다.

아버지는 두 딸을 극진히 사랑하셨다. 해방을 맞아 고향에 돌아왔어도 매일 꽁보리밥을 먹을 때였다. 어리광을 잘 부리던 언니가 아버지에게 물었다.

"아버지, 보리밥이 잘 넘어가지 않아요. 어떻게 먹을까요?"

"한 숟가락 떠 넣고 꼭꼭 씹어서 눈을 꼭 감고 꿀꺽 삼켜라."

눈을 감고 침을 삼키며 시범을 보여 주셨다.

아버지는 언제나 우리 눈높이에 맞추어 말씀하셨다. 자식뿐 아니라 다른 아이들에게도 그러셨다. 아이들을 무척 좋아하셔서 회사 마당은 동네 아이들의 놀이터가 되곤 했다. 아이들이 놀고 있으면 나가서 같이 놀고 사탕을 주며 동무가 되곤 하셨다.

그런 아버지는 손자에게도 최고의 놀이 친구였다. 우리 집에 오시면 아침마다 아이들을 데리고 산언덕으로 가서 양젖을 사 먹이셨는데, 아이들이 좋아하며 망아지같이 뛰놀았다.

또 아이들에게 별명을 지어 주었다. 짬보, 얼간이, 머저리, 예쁜이, 깐도리… 서로 부르게 하니 웃음꽃이 피어 조용한 날이 없었다. 별명이 아이들의 성격을 잘 나타내니 웃지 않을 수 없었다. 중년이 된 지금도 아이들은 종종 그때 이름을 부르며 할아버지를 생각한다고 한다.

죽도 많이 먹을 수 없이 어려울 때도 언니를 중학교에 보내시고, 후일에는 작은딸인 나를 대학에 보냈다.

그 후 내가 삶의 밑바닥에서 허덕일 때도 고향집을 팔고 딸 곁으로 와 도와주시던 그 깊은 사랑을 나는 잊을 수 없다.

아버지는 깨끗하고 맑고 향기롭게 살다 가셨다. 아버지의 향기는 언제까지나 나를 감싸고 있다.

젊은 날, 부업으로 얻은 것들

"태풍이 올라오고 있습니다."

아나운서의 목소리에, 아득히 먼 사라호 태풍 때의 일이 떠올랐다. 거센 비바람에 창호지 문이 뚫려 방바닥에 빗물이 쏟아졌다. 재빠르게 가마니로 방문을 가렸다. 그때 마당에 세워 둔 닭장이 흔들리고, 닭들도 놀라 푸드득거렸다. 놀라서 신발 신을 사이도 없이 굴러 내려가 긴 장대로 무거운 닭장을 받쳤다.

그 비를 다 맞으며 혼자 이리저리 뛰고 있을 때, 남편은 추석 차례를 지내러 가고 없었다. 내가 도움을 청했는지, 아기 울음소리를 들었는지, 얼마 후 주인집 아저씨가 와서 도와주었다.

남편은 셋방 모퉁이 작은 마당에 판자로 삼층 닭장을 만들어

놓고 퇴근 때마다 시장에서 배추, 무 잎을 새끼줄에 묶어 오고 뱀탕 집에서는 찌꺼기를 얻어 오기도 했다. 주말에는 주인집 밭에서 일을 도와주고 채소를 많이 얻어 왔다. 나도 함께 도왔다. 부산에서도 퇴근 때 골목시장에 들러 채소를 얻어 오고, 주말에는 자갈치시장에서 생선 내장과 대가리를 얻어 와 닭을 키웠다. 그리고 알이 모이면 시장에 내다 팔았다.

그렇게 신혼 때부터 시작한 부업은 여든 살이 넘어 본업을 접을 때까지 다양한 종류의 일로 이어졌다.

시동생이 약대 4학년 때 부산에서 약국을 차렸다. 남편은 주말과 퇴근 후에 약국을 보고 시동생이 학교 가는 날은 내가 약을 팔았다. 약을 팔면서 주로 조제를 하고 혈관주사도 놓고 피하주사도 놓았다. 1960년도에는 성병 환자가 많아 호객하는 여인들의 엉덩이를 한 대 철썩 때리고 꾹꾹 찔렀다. 지금 같으면 어림없는 일이지만 간호사, 약사가 하는 일을 면허도 없이 돌팔이 노릇을 거리낌 없이 했다.

불교에서는 탐貪·욕심, 진瞋·성냄, 치癡·어리석음를 세 가지 죄악이라고 한다. 어리석음이 죄가 된다는 사실을 처음에는 이해할 수 없었다. 그러나 젊은 날 엉터리 약사 행세는 참으로 위험천만한 일이었다. 모르고 한 행위가 큰 죄악이라는 사실을 불교 교리를 통해 알게 되었다.

또 그때는 십 원짜리 아스피린 한 알을 사러 오는 손님에게도 "어서 오세요", "안녕히 가세요" 하며 머리 숙여 인사했다. 학교 선생님이었던 나는 부잣집 마나님이 하녀로 자리바꿈한 듯하여 우습기도 하고 재미도 있었다.

내가 근무하는 낮 시간에는 호객하는 여인들이 어린아이같이 수줍은 얼굴로 약국에 와서 이런저런 이야기를 늘어놓곤 했다. 전쟁 후 가족을 잃고 힘든 삶을 살아가는 이들이 많았다. 나의 짧은 지식을 짜내어 도우려고 애를 썼다. 낮 시간에 놀지 말고 편물이나 미용 같은 기술을 배워서 일을 해야 된다, 독립해서 살아야 한다며 학원도 알아봐 주었다. 그때는 여러 계층의 사람들과 이야기도 하고 하소연도 들어주고 조언도 해 주는 것이 보람 있었다.

1970년대에는 서울에서 막내 시누이와 아동복 장사를 했다. 새벽 남대문 도매시장은 별천지였다. 그때까지 보지 못한 세계가 있었다. 시장 밖 어둠 속에는 지게꾼들이 진을 치고 있고, 시장 안은 밝은 불빛 아래 각지에서 모여든 상인들이 물속의 고기들이 헤엄치듯 빛 사이를 이리저리 빠르게 움직이고 있었다. 한두 시간 후에 도매시장은 마감되었다.

나는 며칠에 한 번 새벽시장에 갈 때마다 가슴이 뛰고 흥분되었다. 삶의 힘이 솟아올랐다. 새로운 디자인과 다양한 색상의 제품들이 쌓여 있어 고객들의 눈을 잡아끌었다. 사람들이 아직 단잠에 빠져 있는 새벽의 활기찬 움직임을 통해 다양한 삶의 면모를 볼 수 있었다.

가게로 돌아갈 때는 언제나 러시아워라 콩나물시루 버스였다. 몸싸움을 하며 손잡이를 잡으면 바로 눈을 감았다. 심호흡을 하고 나는 알프스의 푸른 목장에 두 다리를 뻗고 앉아 있다고 생각했다. 흐르는 흰 구름을 보면서 알프스의 목장 노래를 속으로 불렀다. 풀을 뜯으며 이리저리 뛰노는 흰 양들을 한 마리, 두 마리, 세 마리… 세다 보면 어느새 목적지에 닿았다. 지금도 전철이나 만원 버스에서 눈을 감고 알프스 목장의 양떼를 세다 보면 즐거운 나들이가 된다.

십오륙 년 전에 시작한 농장일은 지금은 부업이 아닌 취미 생활로 바뀌었다. 남편은 당시에는 금요일 오후에 사무실 문을 닫으면 바로 농장으로 직행했다. 농장에 도착하기가 바쁘게 작업복을 갈아입고 나가면 사람을 볼 수가 없었다. 나는 옥상에 올라가서 "밥 먹읍시다" 하고 손나팔을 불었다. 그는 어두워져 그림자가 보이지 않을 때까지 일을 했다. 그리고 일요일 밤 늦게 돌아오기도 하고, 월요일 이른 아침에 돌아와서 바로 출근하기도 했다. 그렇게 신나게 움직이던 사람이 본업을 접고부터는 부업조차 점점 멀어졌다. 흥미가 없어졌는지, 나이 탓인지 알 수가 없다.

나는 그때나 지금이나 월급으로 생활하고, 남는지 모자라는지 돈에는 별 관심이 없었다. 조금 미안한 마음으로 넌지시 첫 살림집에서 닭을 키우기 시작했을 때를 물어보았다.

"그때 월급으로 생활비가 부족했어요?"

"아니야. 조금씩 모아서 집에 갈 때마다 아버지께 갖다 드렸어."

뜻밖의 대답에 나는 놀랐다. 시어른은 그곳에서 약방을 하시고 전답도 많아 마을에서 부자로 사셨다. 그러나 시어머니는 아들 대학 등록금을 낼 때마다 이웃에서 빌린 돈이라고 하고, 빚이 많다고 아들에게 엄살을 떨었다.

시어머니는 계모였다. 남편은 그렇게 푼푼이 모아서 아버지에게 갖다 드렸던 것이다. 아버지는 아들이 돈을 많이 벌어서 드리는 줄 아시고 이웃과 친척들에게 자랑하고, 친척들은 하나둘 우리에게 손을 벌리고, 우리는 허리띠를 졸라매고 허덕이며 부업을 계속하였던 것이다.

돌아보면 살아온 긴 여정의 굽이마다 색다른 넝마 같은 그림들이 줄을 서서 많은 이야기를 건넨다. 나는 그림을 한 장 한 장 꺼내보며 울기도 하고 웃기도 한다. "우리 엄마는 슈퍼우먼이야" 하던 아이들의 목소리가 들리는 듯하다.

나는 슈퍼우먼이었다. 여러 가지 부업은 하나같이 내 손을 거쳐 자리를 잡아 갔으니까. 그때는 힘들었지만 지나고 보니 얻은 것이 많았다. 쉴 새 없이 뛰어다니느라 아플 새가 없었으니 건강이 그 하나요, 노동의 대가에 따르는 부가 그 다음이다. 무엇보다 다양한 사람들을 만나 살아가는 이야기를 나눈 것은 가치를 매길 수 없는 소중한 것이었다.

우리 부부의 부업은 성공한 것이다.

4. 세 개의 이름

세 개의 이름

나는 세 개의 이름을 갖고 있다. 공식적인 이름은 김정아다. 이름이 예쁘다는 말을 종종 듣는다. 우리 세대는 끝자가 '순'이나 '자'로 지은 이름이 흔했다. 정아라는 이름은 그 시절엔 흔치 않았던 이름이어서 돋보인다고 한다.

그러나 나는 이름 얘기를 하면 마음이 아파 못 들은 척했다. 이 이름이 오십 년 전에 개명한 이름이라는 것을 누가 알까.

오십여 년 전 둘째 아들을 잃었다. 두상이 잘생기고 발바닥에 큰 점이 있어 장차 큰 인물이 될 거라고 어른들의 기대가 컸던 아이였다. 그런데 병명도 알지 못한 채 며칠 만에 어린 것을 떠나보냈다. 병원마다 감기다, 열이 내리면 된다 하여 큰 걱정 하지 않았는데 어느 날 밤 아들의 몸이 불덩이 같았다. 열에 들뜬 아이를 업고 병원을 찾아 남편과 부산 밤거리를 헤매고 다녔다. 그때는 자가용도 택시도 없었다. 통행금지 같은 것도 안중에 없었다. 야경꾼의 딱딱이도 밀치고 뛰었다. 그러나 떠나가는 아이를 잡을 수는 없었다. 두 손 놓고 주저앉아 하늘만 쳐다볼 수밖에 없었다.

그 후 엄마 이름이 나쁘다는 등쌀에 떠밀리게 되었다. 엄마의 이름이 나빠서 자식을 잃었다는 것이었다. 점쟁이의 한마디에 아이를 잃은 것이 내 탓이 되었다. 처음엔 납득할 수 없었지만, 순식간에 자식의 손을 놓치고 나니 나도 그 억지에 동화되는 것 같았다. 길에서 훤칠하고 잘생긴 아이를 보면 눈을 뗄 수 없었고 눈시울이 뜨거워질 때가 많았다. 시간이 흘러도 어쩌다 아들하고 비슷한 이름이라도 들으면 깜짝 놀라 두리번거리곤 했다.

오랫동안 마음을 잡지 못하고 우울한 나날을 보냈다. 보다 못한 남편은 내 의사도 묻지 않고 개명을 해 버렸다.

나의 어릴 적 이름은 송자松子였다. 이름에 소나무가 들어 있어서 기품이 있다고 좋아했는데, 그 이름으로 어른이 될 때까지 잘 살아왔는데, 남편에게 왜 이름을 바꾸었냐고 물을 수가 없었다.

나는 새로 지어 온 이름이 마음에 든다거나 좋다는 생각은 하지도 못한 채 개명한 이름을 받아들였다. 내가 개명을 해야 아들이 어디선가 환생할 것 같아서였다. 엄마가 이름을 바꾸었으니 더 좋은 집에 가서 태어나길 바라는 마음뿐이었다. 그 이름이 오십여 년 붙어 다니는 '김정아'다.

다른 사람들은 부르기 좋고 예쁘다고 하는 지금의 이름에 대한 속마음을 누구에게도 말한 적이 없었다. 이제 그 이야기를 할 수 있게 된 것은 시간이 아픔을 치유해 주어서일까, 아니면 그후에 새로 생긴 법명 때문일까.

녹원스님이 조계사 총무원장으로 계실 때 친구를 통해서 절로 인도되었다. 조계사에 처음으로 불교대학이 개설된 직후였다. 나는 1회 청강생이 되어 오후 7시 30분에서 9시 30분까지 두 시간 동안 녹원스님의 강의를 들었다. 오랫동안 집안에서만 생활하다가 밤 시간에 밖에 나오니 다른 세상에 온 듯했다. 늦은 시간에도 많은 사람들이 분주하게 일하는 것을 보고 놀랐다. 돌아오는 버스는 언제나 앉을 자리가 없었으나 활기가 넘쳤다.

집에 돌아오면 밤이 깊었어도 남편에게 그날 배운 것을 복습하듯 이야기하고 설명도 덧붙였다. 그것도 지적 허영이었지만 뿌듯하고 즐거운 시간이었다. 다른 곳에서 들은 강의나 설법 중에 마음에 남는 것은 언제나 남편에게 자랑하기를 좋아했다.

불교대학 졸업식 때 녹원스님이 직접 불명을 주셨다. 혜성화 慧性華, 마치 비단옷을 한 벌 얻어 입은 것 같았다. 나의 품위가 한층 높아진 듯 황홀했다. 지혜 혜慧, 성품 성性, 빛날 화華라는 한자의 깊은 뜻도 마음에 들었다. '혜성화 보살님' 하고 부르는 소리를 들으면 어깨가 으쓱했다.

녹원스님은 그 후 김천 직지사로 가셨다. 부산 쪽으로 여행할 때마다 직지사에 들러 친정아버지 같은 스님을 친견했다. 직지사는 고향 집같이 많은 추억이 묻어 있는 곳이다. 지난해 청계사 108순례단이 직지사에 갔었다. 나는 스님 처소에 들러 "조계사 불교대학 1회 졸업생 혜성화 문안드립니다" 하고 인사를 했다. 그러나 스님이 투병 중이라 음성만 듣고 돌아섰다.

그동안 많은 시간이 흘러가 버린 것이다. 불명을 받은 날부터 삼십여 년 동안 정법대로 살기 위해 나름대로 열심히 노력했던 과정을 얘기하고 싶었는데, 그러나 얻은 것은 없고 빈손이라는 하소연도 하고 싶었는데, 스님을 뵙지 못하고 돌아서니 눈시울이 뜨거웠다.

그러나 세월이 흘렀어도 변하지 않은 게 있다. 스님이 주신 혜성화라는 불명이다. 혜성화는 언제 들어도 멋이 있다. 어떤 이들은 처음 불명을 받고 또 받아 불명을 여러 개 받은 이도 있지만 나는 그보다 좋은 불명은 없다고 생각한다.

나는 아버지가 주신 이름과 개명한 이름, 불명까지 이름 셋을 갖고 있다. 고향 친구들은 지금도 옛날 이름을 부르며 정을 나눈다. 개명한 이름은 묵묵히 상실의 아픔을 되새기게 하고, 불명은 기쁨과 보람으로 나를 감싸준다.

결혼기념일

동창 모임에서 친구가 값비싼 옷을 입고 와 결혼기념일 선물이라며 자랑을 했다. 덩달아 너도나도 결혼기념일에 받은 선물 자랑으로 떠들썩했다. 그러다 보니 그날 모임은 선물 자랑이 되고 말았다.

입을 열지 않는 나에게 "너의 결혼기념일은 언제니?" 하고 옆의 친구가 물었다. 친구 말에 멍하니 대답을 못했다. 58년이 지난 지금까지 한 번도 생각해 보지 않고 살았기 때문이다.

나는 결혼기념일을 모른다. 집에 돌아와서 혹시나 하고 영감에게 물어보아도 10월인지 11월인지 잘 모르겠다고 했다. 오히려 모르고도 잘 살아왔는데 새삼스럽게 그게 왜 궁금하냐고 했다. 내가 동창 모임에서 선물 자랑을 하는데 나만 입을 다물고 있었다고 하자, 한마디 했다.

"당신은 매일매일이 결혼기념일이라고 하지 그랬어요."

처음으로 결혼기념일에 대한 말을 나누어서일까, 나는 타임머신을 타고 결혼했을 때로 날아가 보았다.

온 우주가 나를 위해 존재한다고 믿었던 20대. 그때는 내가 세상의 중심이었다. 세상의 모든 학문과 지식을 다 끌어안고 싶어 눈은 빛나고 가슴이 고동치는 대학생이었다.

경북대학교는 산격동 언덕에 나무판자로 지은 가교사였다. 6·25전쟁이 끝나고 모두가 살기 어려운 때여서 학생들은 나무판자 교실에서 공부하고, 언덕 위 노천 운동장에서 졸업식을 했다. 학교에서 등록일에는 버터 깡통, 사탕 깡통 같은 구호물자도 나누어 주었다. 중앙 게시판에는 영화 포스터가 붙어 있었다. '애수', '비수', '파르마의 승원' 등 외국 영화를 관람할 수 있는 기회였다.

2학년 때 학교에서 생각이 같고 마음이 통하는 친구를 만났다. 평생 친구가 되자고 약속한 사람이 지금의 남편이다.

전쟁 중에 서울에서 학교 다니던 학생들이 지방대학 청강생으로 몰려왔다. 우리 과에도 서울대 문리대에서 남학생과 여학생, 두 명이 들어왔다. 여학생은 나와 단짝이 되었고, 남자 청강생은 경쟁자가 되어 눈에 보이지 않는 경쟁을 하였다. 다윈의《종의 기원》을 원서로 읽고 해석하는 수업에 지지 않으려고 밤을 새워 영어사전과 씨름을 하기도 하였다.

　지도 교수님은 종종 청강생과 몇 사람을 댁으로 불러 특별수업을 했다. 교수님이 미국 유학 시절에 겪었던 고충도 듣고, 사모님과 아이들과 놀기도 했다.

　청강생 친구와 매일같이 머리를 맞대고 얘기하고 토론하다 보니 어느새 경쟁자에서 친근한 사이가 되었다. 어느 날 자기 부모님께 인사하러 가자며 은근히 청혼을 하는 것이었다. 그러나 나는 가지 않았다. 열띤 토론을 하는 시간이 즐거웠던 것이지, 그가 남자로 보이지 않았기 때문이다.

　솔직히 말해서 좀 작다 싶은 눈이 마음에 걸렸다. 나도 눈이 작은 편인데, 그 남자와 결혼하여 2세가 태어나면 어떨까, 상상만 해도 웃음이 나왔다.

　4학년 졸업반 때 교수님이 미국 유학을 권유하셨다. 아버지도 은근히 좋아하셨다. 그러나 나는 남자 친구와의 약속 때문에 유학을 포기하고 결혼을 택했다. 경쟁하던 청강생은 내 결혼을 축하해 주고 유학을 떠나 지금 미국에서 대학교수로 지내고 있다.

　결혼 초 처음 살림집에서의 일이다. 평생 친구는 그가 결혼 선물로 준 손거울을 마당에 내동댕이치며 "남녀 사이에 우정이란 있을 수 없다"며 화를 냈다. 학교 다닐 때도 청강생을 만날 때마다 곱지 않은 눈길을 보내고 노골적으로 질투를 했지만, 그렇게까지 할 줄은 몰랐다.

깜짝 놀라 눈이 휘둥그레졌다. 세상에 이렇게 옹졸하고 못난 사람도 있나? 갑자기 사람이 달리 보였다. 번지르르하고 잘생긴 겉모양만 본 것이었다.

'이혼을 해야겠다. 그리고 멋쟁이 신여성의 대열에 꼭 들어가리라.'

난생 처음으로 밤을 새며 고민하기 시작했다.

"우리 삶이란 사냥을 떠나는 것과 같다. 많은 준비를 하고 온종일 산속을, 들판을, 계곡을 이리저리 찾아 헤매는 것이 삶이다. 포획물의 수나 양은 마음에 두지 말고 종일 열심히 뛰는 것이 중요하다."

이렇게 말하던 평생 친구의 생각에 동조하고 좋아하며 박수를 보냈던 생각도 지워 버리려고 했다.

현실을 모르고 무지갯빛 이상만을 꿈꾸며 결혼한 내가 처음으로 느꼈던 실망과 후회였다. 그렇다고 마음처럼 훌훌 털고 이혼을 감행하지도 못했다. 그저 소설 《의사 지바고》에 빠져 지냈다. 답답하게 조여 오는 현실을 피해 광활하고 넓은 세상으로 도망간 것이 책이었다. '라라'와 함께 삶의 눈물과 환희를 맛보며 울고 웃다 보니 그 아픈 시간도 지나갔다.

돌아보면 신혼 때의 손거울 사건은 예견된 것인지도 모른다. 그의 불같은 성격은 결혼 전에 이미 알았기 때문이다.

엄마는 우리 결혼을 완강히 반대했다. 엄마가 꿈꾸던, 백마를 타고 딸을 데리러 온 멋진 신랑감이 아니었기 때문이다. 이웃이 모두 부러워할 의젓한 조건을 원했는데, 대학을 갓 졸업한 시골 양반집 샌님은 마음에 들지 않았던 것이다.

긴 시간 매일 엄마와 실랑이를 하다가 지쳤다. 나는 마음을 단단히 먹고 최후통첩을 하려고 저녁때 그를 만나 미추왕릉 잔디에 앉았다. 내가 먼저 말을 했다.

"우리 끝내기로 합시다."

"그러면 나는 너를 죽이겠다."

그는 눈에 불을 켜고 말했다.

그리고 다음 날 아버지를 만나 긴 시간 대화를 했다. 그 후 몇 차례 더 찾아와 아버지를 설득하여 드디어 승낙을 얻어냈다. 그가 고시 공부를 하고 있었지만 서둘러 결혼했다. 사위는 장모에게 잘 보이려 노력하지 않았고, 장모는 장모대로 마음에 들지 않는다고 오랫동안 그를 미워했다.

우리는 그렇게 힘든 시간을 지났다. 결혼 후 몇 번 남편에게서 꽃다발, 액세서리, 화장품 선물을 받은 기억은 있지만 결혼기념일을 자축한 기억은 없다. 날짜도 잊어 버렸다. 자식들도 모른다.

옛 서류뭉치를 찾아 남편 친구가 읽은 축사에서 결혼기념일을 찾았다.

지금부터 결혼기념일을 자축해 볼까. 올해가 58주년이라고 아이들에게 떠들어 볼까. 어떤 반응이 나올지 궁금하다. 60주년에는 한바탕 잔치를 열자고 해 봐야지. 내일을 말하면 저승사자가 웃는다는데….

단내 나던 나의 사십 대

사진 한 장을 집어들었다. 아버지 회갑연 사진이다. 환
자 같은 몰골의 못생긴 사십 대 여인이 나를 쳐다보고
있다. 저 모양을 하고 아버지 회갑상을 어떻게 차렸
을까?

우리 부부는 1970년대 초에 부산에서 서울로 이사했다. 시할
머니와 다섯 아이까지 여덟 식구의 살림 꾸러미를 넓은 서울 마
당에 풀어놓았다. 신혼의 즐거움, 아이들의 출생, 교편 생활, 힘
들게 장만한 우리 집…. 삼십 대 삶의 한 페이지를 넘기고 사십
대 새 페이지를 펼쳐 놓았다.

낯선 서울에서 한동안 이리저리 전셋집을 옮겨 다니다가 도봉
산 아래 4·19탑 가까이에 새 집을 마련했다. 새 집을 꾸미면서

아이들과 즐거운 한때를 보내고 있을 때였다.

아직 새 집에 익숙해지기도 전에, 고등학교를 졸업한 시누이가 취직하겠다고 올라온 것을 시작으로, 월남전에 참전했던 시동생은 백수를 면하겠다고, 사촌 시동생도 일자리를 구해 달라며 쳐들어왔다. 한술 더 떠서 나의 사촌 여동생도 취직을 핑계로 합세했다. 셋집살이 때는 코빼기도 볼 수 없었는데 집 장만한 것을 어떻게 알았는지 벌떼같이 날아든 것이었다. 어느새 식솔이 열이 넘었다.

나는 그때 오랜 교직 생활을 접은 지 몇 개월 되지 않았다. 어설픈 살림꾼은 그 많은 식솔을 감당하는 것이 마치 어린아이가 어른의 큰 짐을 지고 걷는 것 같았다.

연탄불로 밥을 짓고 난방을 하였으니 이른 아침부터 밤늦게까지 연탄과의 싸움이었다. 불을 꺼뜨리지 않으려고 한밤중에도 눈을 비비고 일어나 연탄을 갈아야 했다. 연탄 갈아 넣기는 고된 노동이었다. 무거운 연탄을 긴 집게로 살짝 들고 밑의 불구멍을 보면서 오른쪽 왼쪽으로 돌리는 것이 쉬운 일이 아니었다.

주의를 집중해서 얼마 동안 불구멍을 내려다보면 연탄가스에 눈과 목구멍이 따갑고 머리가 띵했다. 재빨리 김치국물을 마시고 밖으로 뛰어나갔다. 신라 시대 경주 장안에서는 숯으로 취사를 했다는데, 옛날이 부럽다는 생각을 하며 장독대에서 한참 앉아 있곤 했다.

또 시할머니에게 문안드리려는 손님들이 문전성시를 이루었다. 모두들 취직 부탁, 생활 걱정 보따리를 한아름씩 안고 왔다. 며칠 묶고 갈 때는 차비도 챙겨 드려야 했다.

종갓집이니 기제사도 많았다. "집을 장만했으니 올해부터는 너희가 기제사를 지내도록 하라"는 시어른 말씀에 그 많은 제사를 지낼 생각에 나는 가슴이 먹먹해 입을 꾹 다물고 앉아 있는데, 남편은 "예, 지금부터 제가 잘 모시겠습니다" 하고 선뜻 대답했다. 시골에서는 교통이 불편했는데 모두 많이 참석할 수 있어 좋다고 했다. 무슨 큰 유산이라도 받은 양 좋아하는 것이었다.

기제사 때는 손님이 많아 넓은 마루도 넘쳐나 마당까지 자리를 펴야 했고, 마루에서 새우잠을 자야 했다. 할머니는 나에게 우리 집 맏종부, 맏종부 하며 처신을 잘 한다고 귀여워해 주었으나, 나는 코에서 단내가 풀풀 나고 눈이 빙빙 도는 나날이었다.

제일 힘들었던 기억은 안동에서 두 분 시고모님이 오셔서 오래 머무시는 것이었다. 시중들기가 힘들어 옷이랑 고무신, 양말로 때워 보기도 했지만 나들이가 문제였다. 부산에서는 버스 편으로 해운대 바다 구경을 시켜 드렸지만, 서울에서는 차편이 없어 걸어서 4 · 19탑 공원에 모시고 가곤 했다.

지팡이를 짚은 세 분 할머니는 앞서거니 뒤서거니 두런두런

옛이야기를 하면서 웃고 손뼉도 치고 느릿느릿 가다가는 길가나 골목길에 쭈그리고 앉아 쉬기도 하며, 십 분이면 갈 수 있는 곳을 세월아 네월아 한 시간도 넘게 걸었다.

나는 짜증이 나고 숨통이 터질 것만 같았다. 힘이 펄펄 넘치는 젊은 가이드는 팔십 노인들의 느린 걸음에 맞춰 걷기가 힘들었다. 속이 부글부글 끓어올라 가슴이 터질 것 같은데 싫은 내색을 하지 않고 웃으며 말하기가 쉽지 않았다.

탑 공원에 도착하자 할머니들은 옛날의 젊은 여인이 되어 이야기꽃을 피우느라 일어설 기미가 보이지 않았다. 저녁 준비하려면 시장에 가야 하는 나는 애가 탔다.

"할머니, 아이들 보낼게요. 천천히 놀고 계세요" 하고 그곳을 빠져나오며 어른들 모시기가 어렵다는 것을 가슴에 담고 숨을 크게 몰아쉬며 종종걸음을 쳤다.

친정 부모님도 딸이 보고 싶어 오시면 보름 이상 머무셨다.

엄마는 "너는 사흘 동안 피죽 한 그릇도 못 얻어먹은 꼴이고" 하며 목이 메어 말을 못하셨다. 시어른도 살림 참견하고 싶어 오시면 한 달 이상 계셨다. 쌀 한 가마니가 스무 날밖에 못 갔다. 거기에가 부식을 갖추자니 막막하기만 했다.

너무 힘이 들어 오늘 밤 지나고 내일 아침에는 육십 살이 되었으면 얼마나 좋을까 수없이 되뇌었다. 그때 정신이 번쩍 드는 뉴스가 있었다. 전화도 텔레비전도 귀하신 몸이라 접할 수가 없었고 다만 신문만이 바깥세상 바람을 실어다 줄 때였다.

미국 카터 대통령의 담화문에서 '최선을 다한다'는 내용을 읽고 눈이 번쩍 떠졌다. '그래, 나에게 맡겨진 일은 최선을 다하자'고 매일 중얼거렸다. 그 말은 나에게 거는 주문이었다. 피로감이 점점 줄어들고 힘도 생기고, 중얼거릴 때마다 힘든 일도 즐거움으로 변했다.

그 시절을 돌아볼 때 가장 먼저 떠오르는 것은 매일같이 양지바른 장독대 앞에 앉아 항아리에 김치를 꼭꼭 눌러담고 있는 모습이다. 아마 나도 유능한 가정주부였나 보다.

아버지 회갑연 사진 속의 내 얼굴이 중병 앓은 사람처럼 초췌해 보여도, 그때 친정 부모님께도 최선을 다하려고 했던 나를 증명해 주는 것 같아 흐뭇하다.

많은 사람들이 나를 스쳐 흘러가 버리고 추억만 남아 홀로 웃음 짓게 한다. 사십 대는 고개 들어 푸른 하늘 흰 구름도 한번 쳐다볼 틈도 없이 달아나 버린 한때였다. 그러나 넓고 험한 세상의 큰 바다를 엿볼 수 있는 나이이기도 했다.

나의 동반자, 시할머니

젊은 시절 시할머니와 골목시장에 갔을 때였다.

콩나물 십 원어치를 사면서 "좀 더 주이소", "한주먹 더 너었심더" 하며 실랑이를 하고 돌아오는 길에 시할머니가 "야야, 그러지 마라. 장사도 먹고 살아야지" 하셨다.

그 한마디에 머리를 한 대 얻어맞은 것같이 정신이 번쩍 들었다. 내 가족, 내 집, 내 직장이라는 작은 테두리 안에서 만족하며 살던 올챙이가 이웃, 사회 같은 큰 세상을 보게 되었다. 많이 배워서 더 안다고 우쭐대던 마음이 부끄러웠다. 학교 앞도 못 가본 할머니의 아량에 놀랐다.

어느 날 사촌 시누이의 얘기를 들었다.

"언니, 할머니가 왜 아들 셋 다 두고 손자 집에서 사는지 알아요? 그게 다 손자며느리인 언니 때문이야."

대학 나온 며느리를 얻는다고 집안에서 말이 많았다. 종갓집 종부가 대학을 나온 데다 선생까지 했다니 살림살이는 젬병일 것이고 거만해서 종손 노릇도 못할 거라고 수군댔다. 할머니가 대학생 손부 본다고 제일 좋아하셨는데, 손자가 아침밥도 못 먹고 회사에 출근할 것이라는 말에 기가 푹 꺾였다고 한다.

우리가 살림 나온 다음 날부터 할머니는 손자 집에 가겠다고 하고 시어른은 한두 달 후에 가시라고 매일 싸우다가 할머니가 수저를 놓고 누우셨다고 한다. 단식 투쟁을 하신 것이었다. 그래서 새살림 차리고 이주일 쯤에 우리 집에 오셨다.

"언니는 밥솥에 불 때면서 부지깽이로 장단 맞추며 노래를 불렀다며? 할머니는 앉아 계시는데 배를 깔고 누워서 책을 읽었다며? 할머니가 기가 막혔을 거야."

얘기를 들으니 첫 살림집에서의 기억이 떠올랐다.

결혼할 때는 새로운 생활에 대한 기대가 컸지만 막상 미지의 공간으로 훌쩍 넘어가니 낯선 환경에 허전하고 두려워 마음을 붙일 곳이 없었다. 넓은 부엌 흙부뚜막에는 찬장으로 쓰는 사과 궤짝 하나가 전부였다. 그래도 밥솥에 불을 지피면 활활 타오르는 불빛과 소나무 향기가 좋았다. 주인집 유성기에서는 시도 때도 없이 미소라 히바리의 '미나도 마지 13번지', '상하이 가에리로 리루'

노래가 흘러 나왔다. 나도 모르게 장단을 맞추며 흥얼거리곤 했다. 멋없이 넓기만 한 부엌은 나만의 공간이었다. 할머니가 나를 좋아하고 나도 할머니를 좋아해서 같이 사는 거라 생각했다.

부산에서 다시 학교에 복직을 했다. 처음 햇병아리가 학교에 부임했을 때 아버지가 내게 당부하셨다.

"남보다 많이 배웠으니 배운 것을 다시 사회에 환원해야 된다. 배운 사람이 좀 다르다고 느낄 수 있게 본을 보여야 된다."

겸손과 하심下心을 말씀하신 것이다. 나도 지식을 전달하는 데 그치지 않고 오래도록 마음에 남는 교사가 되려고 했다.

할머니가 집에 계시니 든든했고 친정 엄마도 열흘이 멀다하고 음식 보따리를 안고 오셔서 살림 참견을 했다. 할머니와 엄마가 종종 부딪힌다는 아이들의 말을 들어도 참견하지 않았다. 시간이 지나니 그 결과가 나타났다. 할머니는 그때까지 긴 담뱃대와 재떨이를 곁에 두고 있었는데, 어느 날 그 자리에 금강경 염불 책이 놓여 있었다. 나는 못 본 체하고 지나쳤다.

할머니는 새벽 일찍 일어나서 맑은 물 한 그릇에 초 한 자루 향을 피우고 염불 책을 읽고 두 가지 소원을 빌었다.

'큰아들이 내 상주가 되게 하소서.'

'자는 잠에 가게 하소서.'

할머니의 두 가지 소원은 다 이루어졌다.

하루는 "손부야, '아들은 늙고 아비는 젊다'는 말이 무슨 말이고?" 하고 물으셨다. 나는 놀라 눈이 휘둥그레졌다. 법화경의 중심 사상인데 어떻게 핵심에 도달했을까? 뜻도 모르고 소리 내어 글자만 읽는 줄 알았는데, 스스로 깨달음을 찾은 할머니가 존경스러웠다.

학교 생활을 접고 서울로 이사했다. 나의 살림 솜씨는 여전히 서툴렀다. 할머니가 나의 멘토였다. 장 담기, 김치 담기, 포도주 담기, 나물 무치기… 하나하나 배웠다. "나물 좀 다듬어 주이소", "할매가 무치면 다 맛있어요" 하며 응석을 부리기도 했다.

시할머니는 한아름 되는 빨래도 두 손으로 펴서 빨래보에 싸밟아서 널었다. 거기에 햇볕과 바람이 살랑거리면 새 옷으로 둔갑하였다. "할매 손이 거치면 다 새 옷이 되네요!" 하고 아양을 떨면 빙긋이 웃으셨다.

할머니는 목욕하기를 좋아했다. 한여름 오후에는 마당 한쪽 장독대에서 등목을 하셨다. 내가 등을 밀어 드리면 "어푸, 어푸, 아이, 시원타" 하셨다. 하루는 아이들이 할머니 등목을 해 드린다며 셋째 딸이 나도 한 번, 넷째 딸도 나도 한 번 하며 바가지 쟁탈전이 벌어졌다.

"이제 됐다, 그만."

할머니가 일어서는데 또 등에 물을 부었다. 물이 줄줄 흘러내렸다.

"아이고, 야들아, 옷 입고 목욕한다."

할머니의 소리를 듣고 방에 있던 아들 녀석까지 나와서 "너희들은 바보야, 그것도 못하냐" 하며 바가지를 빼앗아 물을 떠서 할머니 가슴에 부었다. 또 등에도 연거푸 부었다.

"이놈아, 그만 해라, 춥다" 하시면서도 증손자들의 소동을 재미있어 하셨다.

할머니가 아이들을 나무라지 않으니 내가 나서지 않으면 끝이 나지 않았다. 아이들은 그런 할머니 그늘 아래서 티없이 자랐다. 손님이 왔을 때는 부엌문을 열고 "손님 밥은 고봉으로 푸거라, 내 밥은 조금 담고" 하셨다. 나는 할머니와 눈을 맞추며 웃었다. 서로 마음이 통한다는 웃음이었다.

할머니는 일 년에 한두 번 큰아들, 작은아들 집에 나들이하셨다가도 금방 돌아오셨다.

"대구 삼촌 집에 더 계시지 않고 벌써 오셨어요?"

"거기서는 나를 방에 앉혀 놓고 먹을 것만 준다. 나는 여기가 좋다."

늘 같은 대답이었다.

아파트로 이사를 했을 땐 아이들은 크고 할머니는 많이 늙으셨다. 아침에 일어나면 전신이 아프다고 하셨다. 점점 그 소리가 듣기 싫어졌다. 나는 늙어서 '아야' 소리를 하지 말아야지 하고 다짐을 하기도 했다.

"놋그릇도 오래 쓰면 닳아 얇아지고 금도 가고 깨지기도 하는데, 사람 몸도 오래되니 아픈 것은 당연하지요."

유식한 척 설명을 했으니, 그때는 얼마나 어리석었나. 내가 할머니 나이쯤 되니 후회가 막심하다. 나이 많아 아픈 것은 자연현상인데 생로병사의 자연법칙도 모르셨을까.

"어디가 아프세요?" "많이 아프세요?" "이것 드세요" 하며 만지고 쓰다듬어 드리지 못한 것이 한이 된다. 좀 더 친절하게 해 드렸으면 좋았을 텐데. 그때는 옆 사람에게서 위로받고 관심받고 싶어 하는 그 마음을 알지 못했다.

위로받고 관심받고 싶은 나이가 되니 할머니 생각이 더 난다. 키가 작고 살결이 희고 고왔던 할머니. 매일 참빗으로 빗은 머리에 꽂은 은비녀가 잘 어울렸던 할머니. 목소리가 조용하여 한 번도 화를 내는 모습을 볼 수 없었던, 30년이나 함께했던 나의 동반자, 할머니가 그립다.

하루아침에 여관집 안주인이 되어

초등학교 2학년인 막내딸과 이삿짐 차를 타고 낯선 곳을 향해 달려가고 있었다. 중학생 둘, 고등학생, 대학생 아이들은 방을 얻어 내보내고 남편과 세 식구만 이사하는 길이었다. 저녁때가 다 되어서야 고속도로를 빠져나와 산길로 접어들었다. 영원히 끝나지 않을 것 같은 구불구불한 길은 캄캄한 어둠 속을 달려 밀양 표충사 앞 마을에서 끝이 났다.

다음 날 아침, 다섯 아이의 엄마였던 나는 여관집 안주인이 되었다. 남편은 남의 말을 그대로 믿는 성격이라, 직장을 접고 회사를 차렸다. 회장은 되었으나 얼마 못 가 부도를 맞고 모든 것을 날려 버리고 말았다. 부끄러워서 먼 곳으로 숨을 수밖에 없었다.

여관은 마당이 넓고 몇 채의 한옥 건물이 크고 깨끗하였다. 아홉 개의 계곡이 합쳐진 구천동이라는 마을이었다. 물소리가 요란하고 표충사 경내가 바로 보였다. 여자 주방장과 도우미 여자와 남자 일꾼이 순박하고 어진 얼굴로 새 주인을 맞아 주었다. 나는 높은 곳에서 낭떠러지로 떨어진 것같이 아프고 어리둥절하여 이곳저곳을 헤매 다녔다.

표충사 뒷산은 제약산이다. 그 정상에 사자평이라는 넓은 평지가 있고 약초와 취나물 같은 산나물이 많기로 유명한 곳이다. 정오가 지나 나물꾼들이 나물 보따리를 이고 지고 산에서 내려오면 길가에 임시 장터가 생기곤 했다. 여관의 주 메뉴는 산나물 무침이었다. 종종 단체손님이 오면 염소를 잡기도 했다.

나는 며칠에 한 번씩 첫 버스를 타고 밀양으로 장을 보러 갔다. 장에 도착하면 장바닥에 앉아 느긋하게 죽 한 그릇을 먹고 장을 보고 다음 차로 돌아왔다. 장보기는 짧은 여행이었다. 차창을 스쳐 지나가는 산과 나무들이 그때는 '관세음보살'로 보였다. 나뭇잎 하나하나가 나를 보고 웃어 주고 말을 건네고 짧은 불경도 읽어 주고 노래도 불러 주었다. 장보기 나들이는 나만의 세상에서 놀 수 있는 특별한 시간이었다.

딸아이는 마을 애들과 버스로 십 리 길 학교에 다니고, 나는 총지휘자가 되어 부엌에서 객실로 손님 안내와 도우미들 감시하느라 종일 서 있었다. 저녁에는 기진맥진하여 맥주 한 잔 들이키고 '오동잎 한 잎 두 잎'을 흥얼거리다 구천동 물소리를 자장가 삼아 꿈나라로 가곤 했다.

"어이, 주인장. 여기 물, 물."

손님이 부르는 소리에 옆에 누워 있던 남편은 "예—" 하고 번개 같이 일어나 물주전자를 들고 뛰었다. 그 소리도 내겐 자장가로 들렸다.

또 어떤 날 밤에는 "어이, 주인장. 7호실 방 얼음이다, 춥다" 하 는 소리가 들렸다. 남편은 주섬주섬 털모자와 장갑을 챙겨 가지고 나가 장작을 한아름 안고 뒷마당으로 가곤 했다. 그래도 나는 못 들은 척하며 잠을 청했다.

오랜 시간이 지난 후에도 남편은 그때 일은 얘기하기 싫어했 다. 아이들과 앞으로 어떻게 살까 하는 걱정으로 매일 잠은 오지 않고, 구천동 물소리는 더욱 처량하고 마음이 아파 밤을 지새우 며 울 때가 많았다고 한다.

따뜻한 봄날에는 관광객이 많았다. 집 앞 길가에 연탄 화로를 놓고 파전을 부쳐 팔고 있을 때였다.

"아이, 김 선생님!" 하는 소리에 파전을 내밀다 쳐다보았다. 십 년 전 부산에서 같은 학교에 근무하던 선생님 두 분이 서 있었다. 나는 너무 반가워 파전 부치는 것도 잊고 옛날이야기 꽃을 피웠 다. 다른 선생님들과 친했던 짝꿍 여선생 안부도 물었다. 마음이 둥둥 떠서 그날은 기분이 좋았다. 저녁에 남편에게 낮에 만난 선생님 얘기를 했더니 못 들은 척 묵묵부답이었다.

친정 부모님은 경주 고향집을 팔고 그 마을로 이사했다. 아버지가 딸의 몰골을 보시고 너무 마음이 아파 딸을 돕겠다고 서둘러 오셨던 것이다. 나는 부모님의 깊은 정을 모르는 척하며 "그 좋은 집을 없애고 시골로 오시면 어떡해요?" 하며 투정을 부렸다.

지금도 마음이 너무 아프다. 부모는 먹지 않고 자식을 주지만 자식은 먹고 남아야 부모를 준다는 말이 우리 모두의 마음일까? 여름방학에는 아이들이 모두 와서 냇물에 수영을 하고 외할아버지와 표충사로, 뒷산으로, 사자평으로 등산을 하였다.

언젠가 친구들 모임에서였다. 파전 장사하던 얘기를 했더니 한 친구가 말했다.

"야, 너는 자존심도 없구나. 배추쟁이 장돌뱅이꼴을 하고 부끄럽지도 않았니? 바보야, 나 같으면 달아나 숨겠다."

친구 말이 가슴을 짓눌렀다. 집에 와서 곰곰이 더듬어 보았다. 내가 바보가 된 기분이었다. 부끄러움도 모르는 바보.

하지만 나는 그때 반가운 마음 외에는 다른 생각을 할 수 없었다. 꽃도 색과 모양이 다르듯이 사람들도 모양과 마음이 여러 가지일 것이다. 나는 남다르게 만들어졌는가 보다. 가정주부가 하루아침에 여관집 안주인이 되어도 무덤덤하게 일만 하고, 서울

에 두고 온 아이들 걱정 한마디 하지 않고 종일 지치도록 일하고
나서 한 잔 걸치고 흥얼거리다 꿈나라로 가곤 했으니, 어쩌면 바
보였는지도 모른다.

그 상황에서 내가 어떻게 처신을 했어야 좋았을까? 지금도 알
수가 없다. 지금 다시 그런 상황이 된다면 어떻게 처신해야 좋을
까. 그 옛날같이 묵묵히 맡은 일을 열심히 할 수밖에 없을 것 같
다. 다시 생각해도 모자란 사람 쪽을 택할 것 같다. 그때 그 모습
그대로 말이다.

어떤 힘이었을까

우리 부부만 있는 썰렁한 집안에 이따금 생기가 도는 것은 아이들 소식을 들을 때다. 다섯 남매가 뉴욕, 로스앤젤레스, 샌프란시스코, 뉴저지… 멀리 떨어져 살고 있으니 자주 만나지 못한다. 그래서 가족 카톡 방에서 안부를 묻는다. 특별한 날은 하루 종일 카톡 소리가 요란하다.

"Happy 46th birthday to mom. — Royce Ma"

"야, 오늘이야. 생일 축하, 축하."

꽃다발과 케이크, 덕담이 날아다닌다.

막내 생일이구나. 아이들 생일을 잊을 때도 있다니….

아침에 미역국을 끓여 상에 올린다. 국그릇을 비우며 혼잣말을 한다.

"젖이 퉁퉁 붓는다, 잘 나오겠지. 막내 배부르겠다."

막내를 순산하고 젖 때문에 고생하던 때가 생각난다. 1969년도 여름부터 46년의 필름이 스르르 돌아가기 시작한다.

그날도 지금처럼 비가 왔다. 순산 소식을 듣고 언니가 한달음에 달려왔다.

"또 가시나가. 아이고, 이 일을 우짜노."

"지금 한강 다리 아래로 흙탕물이 콸콸 흘러가드라. 안아다가 강물에 버리면 좋겠지?"

"너는 딸을 넷이나 낳고도 미역국을 먹니?"

"나 같으면 돌아앉아 울겠다. 제부는 돈 보따리 주은 사람같이 입을 다물지 못하네. 참, 기가 막혀."

쉴 새 없이 쏟아내는 언니의 수다에 그날 방안에 웃음꽃이 피어났다. 언니만 할 수 있는 별난 축하 인사였다.

기다리던 단비가 내리니 그날의 기억이 더 생생하다. 짓궂고 장난기 많은 언니의 목소리도 듣고 싶은데, 지금은 언니마저 뉴욕에 산다.

또 카톡 소리, 막내다.

"엄마, 여기 쇼핑 몰이야. 마음에 드는 거 고르세요."

꽃무늬 가방이 줄줄이 보인다.

"두 번째 것이 좋아."

내가 대답할 새도 없이 셋째 딸이 끼어든다.

"엄마, 오늘 내 생일이야. 엄마에게 선물 보낼 거야."

막내는 신촌에서 태어나 수유리에서 어린 시절을 보냈다. 여배우 김지미를 닮았다는 말을 들을 정도로 이목구비가 뚜렷하고 피부가 희고 예뻤다. 개를 좋아했는데 어려서 친구 집에 놀러 가 겁 없이 큰 개를 쓰다듬으려고 다가갔다가 물리는 바람에 그 상처가 아직도 뺨에 남아 있다. 그것도 짠한데, 그보다 내 마음을 더욱 무겁게 하는 일이 있었다.

막내가 고3 때였다. 좋은 대학에 보낼 욕심으로 살던 집을 두고 남영동에 있는 이층 셋집으로 이사했다. 그런데 한밤중에 집에 불이 났다. 나는 연기에 질식되어 여의도 성모병원에 오래 입원해 있었다. 병실에 누워 무료한 시간을 심호흡과 숫자 세기로 소일했다. 그러나 눈을 감으면 무거운 어떤 힘이 온몸을 짓누르고 가슴에 통증이 와서 눈을 감을 수가 없었다.

불이 났을 때 불길 속에서 뛰어나오다가 다급하게 동생을 부르는 큰딸의 목소리를 듣고 다시 들어갔다. 잠이 들어 대피하지 못했던 막내의 방문을 여는 순간 바위보다 더 무거운 힘이 내 등을 떠다밀었다.

"창문으로 뛰어, 빨리!"

목청껏 소리를 지르고 죽을힘을 다해 문고리에 매달려 잡아

당겨 겨우 문을 닫았다. 그때의 힘은 내 힘이 아니었다.

내가 딸아이의 방문을 열었을 때 엄청난 힘에 밀려 들어갔다면 불길이 그 방을 휩쓸었을 것이다. 그리고 아이와 나도 불길에 휩싸였을 것이다. 그 긴박한 상황에서 방에 들어가면 안 된다는 순간적인 판단은 우연이었을까? 알 수 없는 일이었다. 아마도 삼라만상과 나를 만들어 준 우주의 힘이었다고 믿고 싶다. 그것이 문을 다시 당길 수 있는 힘이 되었을 것이다.

나는 달리기 선수보다 더 빨리 현관에서 집 뒤 담으로, 또 마당으로 훨훨 날았다. 딸의 방 창문은 집 뒤쪽에 있었다. 창문에서 뛰어내릴 아이를 받으려고 뛰어내린 것이었다. 그때 뒷집 마당에는 많은 사람들이 모여 있었다. 거기까진 기억이 나는데 정신을 차려보니 병원이었다. 가물가물하는 의식 속에서 '뛰어내려, 기다려, 사다리, 사다리…' 하는 소리를 들은 것 같았다.

사다리가 이층 창문까지 닿지 않았다고 했다. 어떤 아저씨가 사다리를 타고 올라가 떨고 있는 아이 발을 잡아 자기 어깨를 밟게 한 후 사다리에 올려 주었다고 했다. 아이 발이 땅에 닿는 순간 창문에서 검은 연기가 치솟는 것을 보고 사람들이 안도하며 환성을 지르고 손뼉을 치고 환호했단다. 다행히 남편과 아이들은 집 앞쪽으로 대피하여 무사했다. 나는 병원에 누워서 그 얘기를 들으며 기쁨과 감사한 마음에 큰 소리로 울었다.

참으로 어이없는 일이 순식간에 일어났다. 화재 원인은 누전이라고 했다. 그러나 나는 알고 있었다. 나는 그날 여의도광장에서 하는 초파일 연등 행사에 참석했다. 돌아올 때 연등을 들고와 촛불을 켜서 거실 샹들리에에 걸어두고 잠이 들었다. 그 등불이 원인이었다. 우리는 집을 다 태우고 옷 몇 가지만 겨우 건졌다. 결국 집값을 배상하고 이사했다.

남편은 그 사실을 알고 있으면서 지금까지 화재 원인에 대한 말은 한 번도 하지 않았다. 마음속에만 넣어 두는 사람이다. 나도 연등에 대한 얘기는 누구에게도 하지 않았다. 차마 미안하다고도 고맙다고도 말을 할 수 없기 때문이다.

그렇게 나에게 막내는 아픈 손가락인데도 누구보다 살갑다. 제 아이들이 대학생이 되면 귀국해서 농장에서 일하며 살고 싶다고 한다. 말끝마다 엄마, 아빠와 함께 살고 싶단다.

그런 막내의 생일이다.

막내야, 축하한다, 사랑한다.

줄서기

 20여 년 전 처음으로 미국을 방문했다. 미국에서 공부하고 있는 아들을 보기 위해서였다.

아들은 운전이 서툴지만 중고차를 구입해서 가까운 곳은 운전을 하고 다녔다. 그런데도 지도 한 장이면 미국 전 지역을 구경시켜 줄 수 있다며 큰소리를 쳤다. 처음 고국에서 찾아온 엄마에게 잘 지내고 있다는 것을 그렇게 나타내고 싶었으리라.

그 마음이 고마워 불안한 마음이 아주 없는 것은 아니었지만, 아들의 차를 타고 요세미티 국립공원 구경에 나섰다. 내비게이션도 없을 때였지만, 모든 도로가 숫자로 되어 있어서 영어를 모르는 나도 조수석에 앉아서 길잡이 역할을 할 수 있었다.

사막 같은 민둥산과 시원하게 흐르는 냇가에서 숨도 돌리고 눈도 쉬면서 요세미티 국립공원 입구에 다다랐다. 입장권 한 장만 있으면 경상북도보다 더 넓은 공원을 일주일 동안 머물고 수시로 자유롭게 외부로 나갈 수 있다고 했다. 우리나라의 동해와 설악산, 남해와 제주도를 두루 다니며 아름다운 곳을 많이 보았지만, 이곳의 넓고 장엄한 자연 앞에서는 벌린 입을 다물 수가 없었다.

끝없이 넓은 풀밭, 하늘이 보이지 않을 정도로 빽빽하고 곧게 자란 나무들, 한 덩어리의 암벽으로 우뚝 선 바위산과 그곳을 맨손으로 기어오르고 있는 사람들, 밑에서 망원경으로 바라보고 있는 관광객들은 하나의 큰 그림이었다. 산 정상에서 굉음을 내며 내리치는 폭포수와 그 위에 아름답게 피어오르는 무지개, 그 모든 것들이 신기하고 놀라워서 마치 별천지에 온 것처럼 넋이 나갈 지경이었다.

백두산보다 더 높은 고도에 위치해 있는 넓고 잔잔한 맑은 호숫가에 앉아 그 아름다움에 취하다 보니 마치 신선이 되어 하늘에 올라온 것 같아 언제까지 그곳에 머무르고 싶었다. 멀리서 온 이방인을 환영하듯 눈보라가 풀풀 날리기도 하고, 길 한쪽은 쌓인 눈으로 높은 벽이 되어 있었다. 좁은 길을 아슬아슬 오르니 확 트인 별천지가 나오고 쉼터가 보였다.

"얘야, 이 길을 계속 가면 어디까지 갈 수 있니?"

아들에게 물어보았다.

"끝까지 가면 다른 주로 나가요. 들어오는 길도 열 곳이 넘고 나가는 문도 수없이 많아요. 캘리포니아 주에 속하지만 일 년에 4개월은 눈이 쌓여 길이 통제돼요. 우리도 2주 전이었으면 여기까지 올 수 없었을 걸요."

방갈로는 시설이 잘 되어 있고 저녁에는 여기저기에 설치된 작은 영사기로 너무 험하여 가서 볼 수 없는 산과 바위, 꽃, 나무, 짐승들을 보여 주고 설명도 해 주었다.

다음 날 아침 방갈로 가까운 매점에서 아이스크림을 하나 사기 위해 앞에서 계산하고 있는 사람 뒤로 가서 섰다. 바로 그때 누군가 뒤에서 톡톡 부드럽게 내 등을 두드렸다. 무심코 돌아보니 어린 학생이었다. 무어라고 말을 하는데 알아들을 수가 없어 고개를 드니, 학생 뒤에 띄엄띄엄 줄을 서 있는 게 아닌가.

'줄을 서 있었구나. 내가 새치기를 하였구나.'

번개같이 스친 생각에 몸 둘 바를 몰라 쥐구멍을 찾아 숨고 싶었다. 나름대로 나는 지성인이요 문화인이라고 자부하며 학생들에게 질서 지키기, 양보하기, 친절하게 행동하기 등을 수없이 강조하고 모범을 보이던 선생님이었는데, 이국 어린아이 눈에 염치도 없이 새치기를 하는 무법자로 보이고 만 것이었다.

얼굴이 달아오르고 목덜미에 불이 붙는 듯하여 비틀비틀 걸어

나오는데 저쪽에서 아들이 오고 있었다.

"엄마, 저 벤치에 앉아 계세요. 먹을 것 사올게요."

아들이 보지 않았을까? 눈도 마주치지 않고 아들이 일러주는 벤치로 비실비실 걸어가 엉거주춤 앉았다.

우리는 보통 줄을 설 때 앞사람의 머리나 등을 보고 서는데 이곳 사람들은 한 발도 넘게 띄엄띄엄 서서, 뒤도 보고 옆도 보고 먼 산도 바라보고 이야기를 나누면서 자연스럽게 서 있었다. 문화의 차이로만 볼 수 없는 여유로운 모습이었다.

고속버스 휴게소에 있는 화장실에서 우리는 바로 문 앞에 몇 사람씩 서 있어서 드나드는 사람들 서로가 불편할 때가 많았다. 그러나 이곳 사람들은 들어가는 문 앞에 한 줄 서기로 한 사람이 나오면 한 사람이 들어가며 질서를 지키고 있었다.

저기 줄 서 있는 사람들은 어떤 동양 여자가 새치기를 하였다며 나를 흉보고 있겠지? 머리가 아프고 자존심이 상해서 큰 소리로 몰라서 그랬다고 소리 지르고 싶었지만 꾹 참을 수밖에 없었다. 그때 "엄마가 제일 좋아하는 것" 하며 아들이 쓱 내미는 큼직한 아이스크림과 과자 봉지. 나는 먹지 않겠다고 말하고 싶었으나, 손을 내밀지 않을 수 없었다. 부끄러운 마음을 차마 아들에게 말할 수가 없었다.

내가 제일 좋아하는 아이스크림인데도 차갑지도 달지도 않았다. 이렇게 웅장하고 아름다운 자연의 품안에서 쓰디쓴 아이스크림을 먹으며 앞으로는 매사에 신중하게 행동해야지, 두 번 세 번 다짐을 하며 쓴웃음을 지었다.

　난생 처음 느꼈던 줄서기의 부끄러운 기억으로 그 후엔 크게 심호흡을 하고 생각한 후 행동하는 버릇이 생겼다.

동동주 단지가 바닥을 보이기 전에

 추석날 아침, 카톡 소리가 울렸다. 외국에 사는 아이들이 며칠 전부터 자주 연락을 했다.

"엄마 아빠, 잘 지내세요? 많이 적적하시지요?"

"응, 잘 지내고 있다."

나는 웃으며 답을 보냈다.

제사와 차례를 아들에게 보낸 지 오래다. 아들은 차례상 사진을 카톡에 올렸다. 아들이 차린 차례상에 예전에 내가 두 개의 교자상에 올리던 음식이 보여 반가웠다.

예전에는 친척이 많이 와서 두 팀으로 나누어 절을 올리던 마루가 오늘은 텅 비어 있다. 시간의 흐름과 함께 조용하고 한가로운 마루에 슈베르트의 '세레나데'가 잔잔하게 흐르고 있다.

짙은 안개가 서서히 사라지며 맑은 햇살이 넘실댄다. 우리는 마루에 앉아 지금 '여기'를 즐기고 있다. 가을바람이 살며시 창문을 노크하는지 시원하고 한가롭다. 두 사람이 늦은 아침을 먹으며 걸쭉한 음담 한 토막 섞어 옛날얘기도 하고 아이들과 대화한 내용을 다시 얘기해 보기도 한다. 지나간 명절과 제사 때로 돌아가 이런저런 이야기를 한다.

시어른이 모시던 기제사는 일 년에 열한 번이었다.

우리가 제삿날 버스로 양산 큰댁에 갈 때는 마치 가족 소풍을 가는 날처럼 즐거웠다. 넓은 들과 멀리 솟아 있는 산, 흐르는 강물…. 자연과 만나는 날이었다. 밀짚모자를 쓴 허수아비가 보이면 아이들은 손을 흔들며 좋아했다. 시댁에 갈 때마다 계절의 변화를 감상할 수 있었다. 넓은 들판은 자연이라는 화가가 계절마다 새로 그리는 그림이었다.

경주에서 양산 통도사를 지나 부산까지의 국도는 비포장 황톳길이었다. 사람도 차도 없이 끝없이 뻗어 있는 미루나무 가로수 길이다. 우듬지엔 구름이 걸쳐 있고 그 속에 까치집이 매달려 있었다. 영화 〈제3의 사나이〉의 마지막 장면이 생각나는 미루나무 가로수 길을 차창 너머로 보면서 언젠가는 멋진 바바리 코트를 걸치고 혼자 걸어보고 싶기도 했다.

몇 년 후부터는 우리가 일 년에 아홉 번, 사십 년 동안 기제사를 드렸다.

이십 년 전 이른 봄날 과천에서 골목시장에 갔을 때였다. 나물 파는 여인이 반갑게 웃으며 물었다.

"제사 장보러 왔어요?"

그 말에 놀라 날짜를 셈해 보니 그날이 제삿날이었다. 제사가 많아 나물 파는 여인까지 대충 날짜를 짐작할 정도였다. 어른들이 계실 때는 제삿날은 만남의 시간이었고 우리 집은 사랑방이었다. 시삼촌과 시어른, 우리 식구를 합치면 사십 명이 모였다. 제삿상에 올리는 음식보다 손님들 시중이 더 힘들었다. 지금 생각하니 그 많은 손님을 어떻게 치렀는지 아득하기만 하다. 그래도 그때가 그립다. 그때는 잠을 설치고 일을 많이 해도 피로하지 않고 즐거웠다.

제사는 자시子時가 되기 전에 진설陳設을 해 두고 자시가 되면 메를 지었다. 메 짓기는 맏종부인 나의 특권이었다. 사십 년 동안 한 번도 특권을 양보한 적이 없었다. 철상撤床하고 둘러앉아 음복술을 마실 때 남편과 시동생이 한 잔씩 권했다. 그 두 잔을 시작으로 몇 잔을 더 마시기도 했다. 몇 잔 술로 며칠 동안 쌓였던 피로가 날아가곤 했다. 모두들 떠난 후 뒷일은 태산이었지만 남은 음식을 싸서 들려 보낼 때의 마음은 뿌듯하고 기뻤다.

그러나 지금은 고인 물처럼 한가하다. 앞으로는 이 마루에서 많은 식구가 북적이며 웃고 떠들썩할 일은 없을 것이다. 아이들은 모두 외국에서 살고 시동생과 동서는 먼 곳으로 먼저 떠나가고 우리 부부만 남아 있다.

빈 마루를 둘러본다. 사람도 없고 음식도 없지만 나는 텅 비어 있다고 생각지 않는다. 조용히 흐르는 노랫소리에 그날의 웃음소리와 얘기 소리가 들린다. 음복술 향기와 탕국 냄새도 배어나는 듯하다.

한가위 둥근달도 우리처럼 한가롭다. 달님과 셋이서 주거니 받거니 동동주를 한 잔씩 마신다. 동동주 단지가 바닥을 보이기 전에 우린 이미 취해 있으리라.

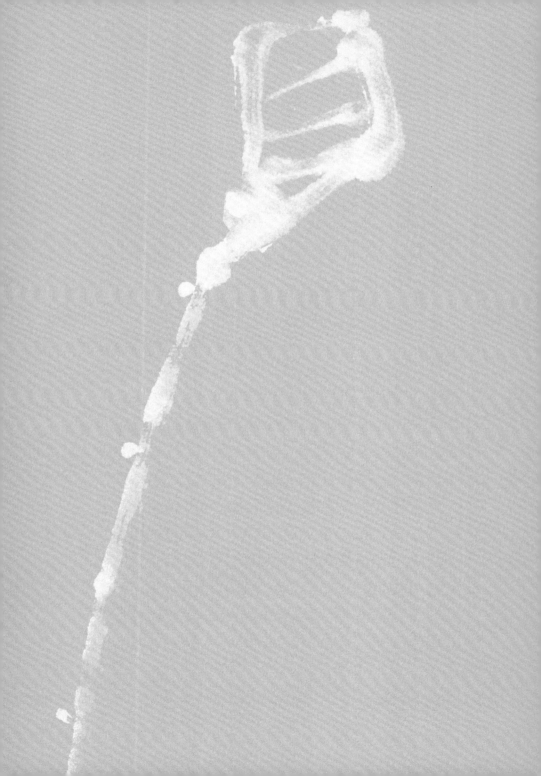

5. 전화기가 옆에 있어도

사월에 쓰는 편지

사랑하는 큰딸에게

금방 전화선을 타고 온 네 목소리를 들으니 더욱더 보고 싶구나.

같은 별에 살면서도 자주 만나지 못하고 이렇게 그리워만 하게 되었는지. 봄바람은 이 마음을 아는지 모르는지 살랑살랑 불어와 진달래, 개나리, 목련과 벚꽃은 꽃잎을 흩날리며 내 마음을 싱숭거리게 하는구나.

티없이 맑게 갠 푸른 하늘, 흐르는 흰 구름, 이 아름다운 풍경들을 너와 함께 볼 수 있으면 얼마나 좋을까?

대학 졸업반 아이의 엄마로 살아가느라 지금 서 있는 자리도 돌아볼 여유가 없겠구나. 그러나 그 시간은 눈 깜빡할 사이에 지나가고 어느새 삶의 뒤안길에 서 있는 자신을 발견하게 된다. 바쁘고 힘겨워도 잠깐 시간을 내서 '지금 어디쯤 왔을까?' 하고 심호흡을 하는 시간을 갖도록 하여라.

네가 수험생이었을 때 엄마는 매일 저녁 버스정류장에서 귀가하는 너를 기다렸지. 무거운 책가방과 도시락을 두 개씩 싸들고 아침 일찍 나가서 밤늦게 돌아오는 너를 볼 때마다 엄마 마음은 늘 안쓰러웠단다.

그러면서도 너를 만나 책가방을 들어주고, 어깨도 두드려 주면서 손잡고 돌아오는 그 시간이 또 얼마나 행복했는지 모른단다.

너의 손을 잡고 골목길을 걸으면 온 우주가 내 것처럼 느껴져 의기양양했었지. 그때는 별님도 웃으며 우리를 축복해 주는 것 같았다. 지금 생각해도 행복하게 느껴지는구나.

휴일에는 온 가족이 4·19탑 공원에도 가고, 도봉산에 올라가 옹기종기 모여앉아 편편한 돌에 고기를 구워 먹으며 웃음꽃으로 시끌벅적했었지. 높은 산 깊은 골도 우리 집 안마당처럼 평화롭고 아늑했었지. 지금은 봄날 아지랑이처럼 아물아물한 그림같이 보인다.

앞만 보고 달리지 말고 옆도 보고 뒤도 돌아보며 살아야 된다. 멈춰서서 바람과 구름, 꽃들에게 인사도 보내고 웃어 주며 천천히, 네 곁의 삶을 즐기도록 해라. 그럴 수만 있다면 삶이란 사랑스럽고 아름다우며 향기로운 평화로 가득 차 있단다.

　항상 우주의 섭리에 감사 기도를 드리며 하루하루를 보내라.

2005년 4월

항상 너를 사랑하는 엄마가

전화기가 옆에 있어도

언경에게

날씨가 무척 덥다. 어제가 초복이었단다. 연일 수은
주가 30도 이상이구나. 어떻게 지내고 있니?

이 서방은 잘 있겠지? 내 말 명심하고 이 서방에게 잘해 주어
라. 매일 한가한 시간이면 네 생각을 하고 너에게 이야기한다.
요약해서 불쌍한 생각이 든다. 가까이 있었으면 서로 도우며 살
텐데…. 얼마나 외로울까, 측은하구나. 고생이 많으리라. 어려운
시기이니 슬기롭게 나아가도록 하여라.

먹는 것은 소뼈 사골가 좋으니 큰 솥에 넣고 10분쯤 끓이다
물을 모두 버리고 다시 물을 넣어서 두세 시간 끓이면 물이 뜨물
같이 된다. 뼈는 다시 두세 번 끓이고 그때마다 사태를 한 근씩

넣어라. 고기는 먼저 건져두고 소금, 후추, 파를 약간씩 넣으면 된다. 국물은 냉동실에 보관했다가 이 서방 식사 때마다 주어라.

아버지는 여전하시고 정석은 예나 지금이나 달라진 데는 없고 토플 시험 준비한다고 학원 다니면서 도서실에 가서 공부한다. 그리고 선을 두 번이나 보았는데 아직까지 마땅한 곳이 없고, 너무 까다롭다.

내년에 미국에 가게 될지 모르겠다. 될 수 있으면 결혼 시켜서 보내려고 서두르고 있다. 가서 공부하고 살 수 있으면 미국이든 어디든 그곳에서 살게 해 주고 싶다. 물론 세계적인 불황이기는 하나 경제적 · 정치적으로 너무 어수선하고 불투명하다. 정치 무대에서 춤추는 사람 외에는 자립해서 살기 힘들고 속상하다. 그곳에서도 신문을 보고 있겠지만 매스컴에서는 십분의 일도 제대로 보도하지 않는 부분이 많다.

미경인 7급 공무원 시험 본다며 매일 독서실에서 살고 있으나 요사이는 사법고시보다 공무원 시험이 어렵다. 일반 업체는 신규채용은 없고 불황으로 모든 업체가 인원을 축소하기에 급급하니, 7급 공무원 시험에 대학생, 대학원생이 모여들어 각 학교에서 특강까지 하고 있다.

모든 독서실은 만원이다. 미경이도 힘들 것 같아 벌써부터 힘이 빠진다.

승희는 홍대를 나와야 화실이라도 할 수 있다면서 2학기는 휴학하고 한 번 더 홍대에 가겠다고 화실 다니고 있다.

재희는 아직도 학과 성적을 올린다며 공부 중이니, 아무도 내 일을 도와주지 않아 집안일이 힘들다. 내 일은 끝날 날이 없구나.

무엇보다도 네가 항상 마음에 걸려 걱정스럽다. 전화기는 옆에 있어도 지난달 전화요금이 팔만 원이나 나와서 전화도 못하고 안타깝다.

엄마는 아버지가 살아온 시대보다 너희들이 살아갈 앞으로의 시대가 물질은 풍요로워도 더 힘들 것 같구나.

1987년 여름에
엄마가

엄마의 기도

정석에게

날씨가 많이 쌀쌀해졌다. 그곳은 사계절 따뜻해서 축복받은 곳이다.

어떻게 지내는지 전화 목소리만으로는 감이 잡히지 않는구나. 우리가 살아간다는 것이 부모 자식 간의 관계를 떠나서 어떻게 생각하면 살아간다는 자체가 어렵기도 하고 한편으로는 쉽기도 하구나. 그러나 이 지구상의 일원으로 태어났으니 그 삶을 보람 있게 지내야 인생 말년에 후회와 회한이 없을 것 같다.

아버지도 올해 육십이 되니 어쩐지 인생을 다시 돌아보고 회한에 잠기는가 보더라. 돈을 벌어도 별로 재미가 없다신다. 젊어서 자기 삶의 그림을 잘 그려야 그 그림대로 삶을 살아가게 된다.

마음먹은 대로 되어지는 것이 인간의 삶이다. 좋은 마음, 선량한 마음을 가지면 좋은 세포가 형성되어 몸에 좋은 호르몬 엔도르핀이 생성되어 건강에 좋고 병원균을 막아 주는 항체를 형성하게 된다. 항상 내 생활, 내 몸보다 이웃과 옆 사람을 더 생각하는 자비심을 내어 베푸는 삶을 살도록 힘써라.

베푼다는 것은 경제적인 것만이 아니고 다른 이의 마음을 살피고 상대방에게 좋은 말, 이익이 되는 말을 해 주고, 진리를 모르는 이에게 진실을 알도록 말해 주는 것이 자비심이다.

일을 할 때도 나의 이익만을 생각지 말고 상대방의 입장에서 생각하는 넓은 마음의 소유자가 되도록 하여라.

엄마는 매일 아침 백팔 배를 하고 기도한다. 너도 항상 시간 나는 대로 기도하는 생활을 하여라. 어떤 일이 있을 때나 한가할 때도 '관세음보살' 하고 진심으로 부르면 너의 마음을 환하게 알고 도와주신다. 방송국에서 방송을 내보내도 내가 주파수를 맞추지 않으면 화면이 나오겠는가. 엄마가 열심히 하는 기도도, 네가 관세음보살 명호를 부르면 엄마의 기도가 너에게로 전해진다. 명심하고 열심히 부르기 바란다.

그러면 너의 희망과 포부가 다 이루어지게 된다. 항상 엄마가 너를 위해 관세음보살전에 기도 드리고 있다는 사실을 잊지 말아라. 시간은 만들면 얼마든지 있으니 종종 편지 써 보내라.

날씨나 아름다운 자연이나 돌아보면 이 지상에는 아름다운 것
이 많으니 찾아서 즐기고 편지도 써라. 미경, 승희에게도 전화하
고, 소원이 이모에게도 전화하여 가까운 사람들을 소중하게 가꾸
어라.

1990년 11월 7일 목요일
엄마가

추신

아버지는 요사이 사무장이 나가고 후임자를 구하지 못해 고생하고
있다. 회갑 여행도 못 가게 되었다. 우리 사무실은 성실하고 실력
이 월등하니 이 불경기에도 수입이 좋은 편인데, 후임자를 구하지
못해 걱정이다.

미경이라도 있었으면, 하고 아쉬워한다. 내 생각 같으면 네가 돌아
와 맡아서 하면 좋겠는데, 아버지와 너는 성격적으로 맞지 않으니
네가 잘 생각해서 판단하기 바란다. 이것은 다만 나의 생각이니 참
고하기 바란다. 미경이가 몇 년 후에라도 돌아와서 살면 좋겠는데,
대화할 때 이야기해 보아라.

한국은 지금 불경기에 정치 불안은 둘째 치고 환경오염에 무질서
로 범벅이다. 버스를 타고 전철을 타고 다니면 모두 무심한 얼굴로
앉아 있다. 어느 사회나 모두 그런가 보다.

때론 쉬어 가며

미경에게

다들 잘 지내고 있다니 좋구나. 승현이가 말을 또박 또박 잘 한다니 보고 싶다. 다들 가까이에 살면 좋으련만, 어떤 인연이기에 멀리 뚝 떨어져서 사는지 모르겠다.

내가 지금의 시점에서 육십이 넘어서 생각하니 우리 삶이란 크나큰 흐름이다. 그 흐름에 거역하지 말고 여유롭게 자연스럽게 받아들이면서 떠내려가는 것이 우주의 법칙에 순응함인 것 같다.

어떤 삶이든 생명체는 순간순간 완성을 향하여 가고 있는 것이다. 시간의 길고 짧음과 관계없이….

이 세상의 모든 것은 있어야 할 필연적인 이유 때문에 존재하는 것이니 모든 것을 받아들이고 좋다 나쁘다, 많다 적다, 슬프다 기쁘다

여유롭고 자연스럽게 휴식해라. 일이 많이 힘들 때는 '나는 지금 푸른 잔디 위에 누워 있다. 푸른 하늘의 흰 구름을 바라보고 있다'고 생각해 보아라. 눈을 감고.

엄마가 제일 어렵고 힘들었던 시절, 반포에 살 때 혜숙이와 '왕자 니트' 가게 할 때 매일 아침 손끝 발끝도 움직일 수 없는 만원 버스 속에서 눈을 감고 그렇게 생각하며 다녔다. 알프스 목장의 양떼를 한 마리, 두 마리 세다 보면 어느새 목적지에 도착하곤 했다. 그렇게 하니 저절로 입가에 미소가 머금어지더라. 기분도 좋아지고. 그리고 돈도 얼마가 더 있어야겠다는 생각보다 있는 한도에서 어떻게 적절하게 쓰느냐에 항상 마음을 쓰면서 살았다.

너는 생각이 넓고 바르니까 더 나은 삶을 설계하겠지만, 항상 여유롭고 자연스럽게 휴식해라. 삶의 근본 진리는 사랑이다. 승현이에게 많은 사랑을 주어라.

1996년 12월 22일

엄마 씀

참, 〈무탄트〉 읽고 모두들 한마디씩 책 속에 써 넣어라.

마지막 재희 읽고는 나에게 다시 돌려다오.

흐린 날 더 그리운 얼굴

동생 주환에게

오늘 날씨는 찌뿌둥, 저녁 굶은 시어미같이 눈이 오다 비가 오다 하는구나. 이런 날에 너는 어떻게 지내니? 싱글싱글 웃으며 무엇을 만지작거리며 앉아 있겠구나. 인형 옷 만드니? 그림 그리니? 할 일이 많아 좋다.

일전에 보내 준 카드를 다시 읽어 본다.

언니!

또 한해를 보내며

언니를 부르네요.

차곡차곡 세월이 얹어 놓고 간

부끄러운 나이는 이렇게 높이 쌓였네요.

정작 내 삶은 텅 비어

휘익 찬바람이 휘젓고 가는데

그래도 가끔씩은

언니의 히죽 웃는 얼굴이

보름달처럼 떠오르면

가슴 한켠이 따뜻해 옵니다.

언니와 동행하는 세월이라 위로가 됩니다.

늘 건강하고 평화롭기를 빌게요.

2004년 12월
주환 드림

　칠십을 훌쩍 넘기고 나니 참 많이도 살았구나 싶네. 우리가 울진 바닷가 그 농막에서 꿈같은 시간을 보낸 지도 어제 같은데, 만나면 하고픈 얘기도 많은데, 이 나이가 되도록 열심히 살았건만 하고 싶은 것, 가고 싶은 곳도 마음대로 가지 못하고, 언제 이 굴레에서 벗어날 수 있을까. 다람쥐 쳇바퀴 돌 듯 돌고 있구나.

　20년 전에 그렇게도 감명 깊었던 책《스완의 집 속으로》를 오늘 다시 읽어 본다. 수면水面 위에나 벽면壁面에서도 창백蒼白한 미소微笑가 떠오르고 그것이 하늘의 미소에 응답하고 있는 것을 보고…. 감성이 점점 무디어지는가 보다.

　책 애기도 하고 만나고 싶다. 너희 형부는 농장에 자그마한 집을 짓는다고 마음이 들떠 있다. 얼마 남지 않은 생을 무엇을 하든지 열심히 뛰다가 가는 것이 좋을 것 같아 동조하고 응원할 생각이다. 날씨 따뜻해지면 초대할게. 안녕.

2005년 3월

언니가

손녀에게 당부하는 말

보고 싶은 선화에게

잘 지내고 있지? 너의 엄마를 통해 근황은 자주 듣고 있다. 무척 바쁘다며? 바쁜 것도 좋은 일이다.

그러나 바쁜 와중에도 하늘을 쳐다보고 구름의 흐름과 모양도 살펴보고 밤하늘의 별도 세어 보아라. 또 나는 누구인가 생각하는 시간도 종종 가져라.

"할마이, 보고 싶어. 많이많이 사랑해."

이 소리가 들린다.

"미 투."

네가 어렸을 때 할머니 손을 잡고 눈 덮인 관악산을 바라보며 집으로 돌아갈 때 "저 산은 할머니 산이다" 하면 "산 위의 구름과 하늘도 할머니 거야?" 하던 목소리가 또렷이 들리는 듯하다.

　너는 엄마와 같은 길, 같은 신(神)을 찾아가고 있으니 동반자가 있어 즐겁게 지내겠구나. 할머니가 추구하는 길도 같은 길이다. 도달하고자 하는 곳은 단 한 곳뿐이니까. 걸어가는지, 차를 타고 가는지, 비행기나 배를 타고 가는지는 모두 다르게 보여도 궁극적 도달점은 한 점뿐이다. 즉 신의 가슴에 안기는 것이니까.

2005년 8월
할머니가

추신

너를 보내고 지금 생각하니 꼭 해야 할 부탁을 잊었다. 도착하면 좀 쉬었다가 떠날 때 너에게 후원금을 준 분들에게 감사 편지를 써서 보내거라. 30일 동안의 일과를 조리 있고 상세하게 – 모두들 가보지 않은 나라에 대한 궁금증이 있을 테니까 – 써서 보내라. 간단한 선물보다 중요한 것이다.

앞으로의 사회생활에서 중요한 것은 이미지인데, 남에게서 100원을 받으면 꼭 120원을 갚겠다는 생각으로 살아야 한다. 그것이 너의 인격을 형성하는 값진 길이다. '물심양면으로 도와주셔서 많은 것을 배우고 왔습니다. 앞으로도 많이 이끌어 주십시오' 하고 감사한 마음을 글로 보내는 것이 예의란다.

메일로 보내려니 주소가 없어 편지로 쓴다.

딸의 편지 1

엄마 보세요

이곳은 아침저녁으로 무척이나 선선한데, 과천은 어때, 엄마? 관악산 등산로에 있는 나무들은 이제 슬슬 가을 차비를 하고 있겠네. 어제 밖에 나갔다 집에 돌아오는 길에 보니 아파트 올라오는 계단에 어느새 낙엽이 서너 개 떨어져 있더라구. 시간이 무척이나 빨리 흘러서 아쉬워.

아빠하고 엄마 건강은 어떠셔?

그 집에 고모하고 셋이 계시니 속이 시원하시죠?

아빠도 조용하고 혼자 있는 것 좋아하시고, 엄마도 깨끗이 정돈된 것을 좋아하니.

엄마, 이번에 윤달이 끼었다니 꼭 엄마 아빠를 위해 예수재를 올리세요. 그리고 외할아버지 외할머니의 위패 능인선원에 모시고. 아빠도 불교 공부를 하셔서 마음공부를 더 많이 하시면, 아빠 업들이 많이 녹아내려서 아픈 것도 없어질 텐데 아쉽군요.

엄마가 할 일은 딱 한 가지, 아침 저녁으로 기도하고 불경 공부하는 것. 결코 쉽지 않겠지만···. 누가 그랬지, '첫정을 잊지 말라'고. 처음 공부 중에 느꼈던 불교 공부, 말씀에 대해 느꼈던 희열과 즐거움을 그대로 간직하면서 공부하면 더욱 즐겁겠지? 그렇다면 엄마 인생이 얼마나 더 값지겠어, 의미 있고 말야! 파이팅, 엄마!

세레나데 모음곡을 샀는데, CD가 두 개나 들어 있더라. 간단한 곡들이 아니고 좀 긴 오케스트라 곡이야. 간간이 우리 귀에 익은 곡들도 있지만 전체적으로 좀 기네. 들으면서 다음 곡이 듣고 싶으면, 엄마 오디오에 '》'표시를 눌러. 그러면 지금 곡은 멈추고 다음 곡이 나와. 일단 '〉play'를 눌러놓고 잠시 들은 다음 아까 그 표시를 눌러가면서 이것저것 맛을 보세요.

아빠한데 안부 전해 주고 날씨가 좀 선선해지면 맛있는 초콜릿 보내 드릴게요. 절대 몸조심하세요.

1995년 8월 30일
승희

딸의 편지 2

아빠에게

미국에서 오래 살면서 나이를 먹다 보니, 아니 아이들 키우다 보니 엄마 아빠 생각이 많이 나요.

우리 아빠가 사무실 정리하고 마음도 잘 정리가 되셔서 많은 시간을 엄마와 같이 아빠가 사랑하는 제천에 계시니 제 마음이 좋네요.

그리고 같이 못 지내서 너무나 죄송해요. 조금만 더 기다려 주세요. 아빠랑 같이 산책도 하고 장작불도 때고 꽃도 심을 날이 있을 거예요.

이제 우리들 걱정 마시고 마음 편히 엄마랑 손잡고 서로 사랑하며 사세요. 우리를 위해 많이 마음 쓰셨어요. 고마워요, 아빠.

아빠가 항상 우리에게 해 주셨던 말씀, 걱정, 사랑 다 기억해
요. 사랑해요.

　엄마
　항상 마음속으로 엄마랑 대화하고 추억을 떠올리면서 달마, 동
수 손 잡고 되새깁니다. 엄마랑 제천에 가보지 못하고, 같이 따뜻
한 온돌방에 앉아 웃으며 엄마 손 잡지 못하는 내가 정말 죄스럽
네요.
　그리고 내 얼굴엔 엄마가 있고 동수, 달마한테 말하고 말 들어
줄 때, 내 스스로가 엄마인 것을 느껴요.
　항상 우리에게 좋은 기회를 많이 주려고 하셨고 도와주려고
하셨던 것 감사해요. 곧 엄마랑 같이 자유스럽게 여행 다닐 때가
올 거예요.
　사랑해요, 엄마.

2009년 12월
승희

아버지의 편지

승희에게

승희야, 네 편지 받고 아버지는 마음속으로 기뻤다.

그 이유는 다섯 명의 자식들 중에 지금까지 아무도 아버지가 평생을 방황했던 인생 문제에 대해서 일언반구 없던 차에 어렴풋이나마 네가 그 문제에 대해서 한 말이 바로 그것이다.

그렇다. 사람이 이 세상에 존재하는 동안 사는 것이 무엇이고 무엇 때문에 사는지, 인간이란 무엇인가 하는 문제, 사람의 근본이며 이것보다 더 중요한 것은 없다. 사람이 무엇인가, 왜 사는가, 죽으면 어떻게 되는가, 사는 동안에 어떻게 살아야 잘 사는 것인가 등이다.

아버지의 결론은 사람은 중급 정도의 동물에 불과하며 존귀한 존재가 결코 아니라는 것, 또 사람은 죽으면 정신도 분해되어 없어지고 사후 세계는 없고 신도 없다는 것. 어떤 종교라도 그것은 결국 의지하면 소용없을 것이며 쓸데없는 욕심일 뿐. 그 허황한 것에 자승자박하여 평생을 고통 속에 욕심만 부리다가 사라지는 것도 모르고 방황하다가 허무하게 사라지는 존재인 것이다.

남은 것은 사는 동안 어떻게 살아야 행복한 것인가 하는 것이다. 세상에는 어느 누구도 초능력으로 나를 도와주거나 해롭게 하는 존재는 없다. 아버지는 이 문제에 대해서 이제 터득한 것 같아 하루하루 편안한 마음으로 살고 있다. 더 살아 봐야 의미가 없다는 것을 절실히 느끼고 있다.

승희야, 너는 이제 햇병아리같이 눈뜬 상태이기에 여러 번 권했던 책 《1417년, 근대의 탄생》스티븐 그린블랫과 《인간의 굴레》서머셋 몸, 그것을 읽어 보면 눈이 떠질 것이다.

앞의 책은 인간 근본에 대한 에피쿠로스의 성인 결론이고 뒤의 책은 사람이 사는 동안 어떻게 사는 것이 좋은가의 문제에 대한 답일 것이다.

다른 것 다 제치고 아버지가 권하는 책을 꼭 읽고 음미하여 인간 존재의 근본을 확인해라. 모든 불행이 없어질 것이다.

2015년 6월 5일

수지에서 아버지가 쓴다

딸의 편지 3

아빠에게

어제는 미국의 공휴일, 메모리얼 데이였어요.

원래 미국 남북전쟁 당시 사망한 군인들을 위한 것이었는데, 제1차 세계대전 이후 전쟁 등 군사작전에서 사망한 모든 사람들을 기리는 날로, 미국에서는 여름 휴가철이 시작되는 기준이에요.

돌아가신 용사님들 덕분에 일 년 중 야외에서 바비큐 파티를 제일 많이 하는 날이죠. 또 지구 온난화가 극에 달하는 날이기도 해요. 이 집 저 집에서 나오는 석탄 연기가 가득했어요.

저는 동수 친구 엄마 교회 사람들이랑 같이 흑인들이 많이 사는 렘스테드라는 동네 공원에 다녀왔어요. 집에 오니 온몸에서 석탄 태운 냄새 그리고 음식 냄새가 배어 있네요.

저 잘 지내고 있어요.

주위에 좋은 친구들과 말 잘 듣고 잘 크고 있는 아이들, 그리고 제가 생계를 책임지고 돈 벌지 않아도 되는 편안한 생활, 감사한 생활을 하고 있어요. 이제 저도 마흔여덟이네요. 마음은 아직도 대학 다닐 때처럼 철이 없는데, 살 늘어지는 것을 보니 저도 별수 없다 싶네요, 하하.

그것이 자연의 법칙이니 순리대로 받아들여야 되겠죠, 아빠.

요즘 집에서 유튜브를 통해 철학, 종교 강의 듣고 있어요. 셀수도 없이 많은 사람들이 있고, 그 사람들 머릿속에 또한 황하강의 모래알같이 수많은 생각들이 있으니… 이렇게 다양한 얘기, 생각들의 홍수 속에서 나도 그들과 다르지 않다는 것을 느끼면서, 마음 열고 들어보고 있어요.

이율곡 선생, 노자, 맹자, 소크라테스, 예수, 부처의 말씀을 잘 들어보니 제가 어렸을 때부터 생각해 왔고 의심해 왔던 그 궁금증이 조금씩 풀어지는 듯합니다. 과학적으로 이론적으로 이해는 어렵지만, 마음은 이해가 되는 것 같아요.

한 예로 봄 여름 가을 겨울, 우리가 당연히 받아들이는 사계절에 우주의 진리가, 법칙이 숨겨져 있다는 것도요.

만물을 활짝 피워 주는 사랑의 계절, 봄仁

활짝 피워서 마음껏 품어 내는 애정의 계절, 여름禮

버릴 것 다 버리고 마무리하는 지혜의 계절, 가을義

엑기스만 씨에 담아 놓는 지혜의 계절, 겨울智

사랑과 자비로움이 있되, 옳고 그름을 실천하고 알고 있으나 예를 지키고 이런 법칙을 알고 있는 지혜, 이렇게 자연이 조용히 굴리고 있는 우주의 법칙을 우리는 잘 알고 있는지요? 순간순간 욕심에 바른 선택을 못해서 마음이 괴롭지 않았나 싶어요.

"내가 받아서 싫은 일을 남에게 하지 말고 내가 받고 싶은 일을 남에게 하자."

이것이 자연이 조용히 상부상조하면서 지내는, 제가 해야 할 일이다 생각해서 아빠랑 같이 나누고 싶어서 몇 자 적어요.

사랑해요, 아빠.

아빠 마음은 항상 내 가슴에 있고, 아빠는 아빠 그 자체로서 훌륭한 사람이시고 우리의 좋은 모범이세요.

마음에 항상 평온이 있으셔야 돼요. 그래야 멀리서 제가 마음이 평온합니다.

2015년 5월

승희 올림

딸의 편지 4

아빠에게

오늘은 6월 24일 수요일. 뉴욕 날씨는 화창하고 벌써 더워지고 있어요. 아직 동수 스쿨버스 태워 보내고 난 아침 8시인데도요. 어제 무진장 덥더니만 오후 늦게 한 차례 천둥 치고 번개 치고 폭우가 쏟아졌어요.

지금 바깥은 온갖 새들이 잠시도 쉬지 않고 수다를 떠는 것인지, 밤새 폭우에 별일은 없었는지, 지어 놓은 집은 괜찮은지, 갓 난 새끼들은 어떤지… 엄청 분주해요.

아빠가 제 편지 받고 많이 기뻐하셨다니, 저도 좋아요. 요즘 절에는 안 나가고 있어요. 차편도 좋지 않지만 이 핑계로 안 나가고 있어요. 대신 우연찮게 한국 유튜브에 뜬 어느 철학자의 동양철학, 서양철학, 불교, 기독교, 도교 등에 관해 소신껏 하는 강의를 도자기 물레 차면서, 걸으면서 듣고 있어요. 인의예지, 팔정도의 기준에서 해석하는 강의라 가장 순수하고 바르게 제 마음에 와 닿네요. 요즘은 석가모니 부처의 법구경 강의를 들었어요. 그러면서 소승, 중승, 대승불교의 차이도 이제 제대로 이해했어요.

소승불교란, 세상은 고苦의 연속이고 계戒를 지키고, 선정에 들어서 해탈에 머물러 다시는 윤회를 하지 않는다는 것이라 들었어요. 물론 선은 절대적으로 행하고, 악은 절대적으로 행하지 않는다는 것이 기준이지만, 선을 행함에 있어 윤회를 발생할 선은, 아무리 선이라도 하지 않는다. 왜냐하면 인생은 괴로움이니까. 어서 선정에 들어 이 몸을 벗어나 해탈에, 저 멀리 떠나자. 선업조차 만들지 말자.

반면 대승불교는 업카르마은 없앨 수 없는 것이고, 해탈이란 따로 저 멀리 존재하는 것이 아니라 사람이 태어나 살고 늙고 죽는 그 과정에서 순간순간 존재하는 것이다. 괴로움도 나의 업으로 인해 생겼고, 그 괴로움을 받아들이고 인정하는 그 순간이 해탈이다 하는 것으로 들었어요.

제 나이 마흔여덟 살이 될 동안 엄마 아빠의 사랑과 기대 속에서 유학 오기 전까지는 걱정 없이 살다가, 결혼해서 아이 둘 낳고 티격태격하면서 살아보니 세상이 끔찍하더라고요.

이렇게밖에 못 살고 있는 나의 상황이 창피스럽고, 엄마 아빠께 죄송스럽고, 주위 친구들, 형제자매들한테 내세울 아무것도 없고, 앞으로 남은 몇십 년이 될지 모를 내 삶의 끝이 안 보였어요. 끔찍했고 어서 빨리 내가 만들어 온 가정에 대한 책임을 다하고 없어졌으면 했어요. 미래에 대한 기대, 즐거움이 없었죠.

내게 주어지지 않는 멋지고 근사한 여건에 부러움과 불평만 있었고, 나의 불행에 항상 만족스럽지 못했어요. 다시 생을 받아 산다고 해도 또 이 모양이지 않을까 하는 생각도 들었어요.

그러면서도 항상 마음속엔 뭔가를 갈구했어요. 내가 왜 태어났을까? 뭔가를 하려고 인간으로 태어났을 텐데, 누구 말대로 신이 부모를 정해서 어떠어떠한 인생을 살겠다고 각본을 다 짜고 동의해서 이 인간 세상에 태어났다는데. 세상의 절대적인 법칙이라는 것도 있을 테고, 모든 종교를 떠나 뭔가 우주의 섭리 인간도 포함를 결정해 주는 것이 있지 않을까? 정의롭지 않은 것을 판단해서 결정해 주는 것이 무엇일까? 이런 많은 생각을 해 오던 차에 그 철학자의 강의를 들었어요.

그중 가장 '이거다' 하는 내용이 바로 눈에 보이지 않지만 항상 존재하는 우주의 법칙, 로고스는 자연의 봄, 여름, 가을, 겨울이고 물건펜을 들었다 살짝 놓기만 해도 밑으로 떨어지는 만유인력의 법칙, 그것으로 우주가 돌아가고, 이 법칙에는 거짓이 없다는 것이 가장 마음에 와 닿았어요. 손을 놓으면 떨어지고 물은 높은 데서 아래로 흐르고 욕심이 없어요.

근데 나의 삶을 비춰 보니 내가 괴로워했던 이유가 바로 찾아지더라고요. 가진 것에 만족 못하고 더 바라고 남의 생각, 의견이 나와 다르다고 싫어하고 미워하고 결국엔 자연스럽지 못했던 것 같아요. 무리해서 가지려고 했고 무리해서 내가 원하는 것을 상대방에 부담시킨 결과였던 것 같아요.

내가 받고 싶은 것을 상대방에게 해 주고, 내가 받기 싫어하는 것은 상대방에게 해 주지 않으면 가장 좋구나 싶었어요.

아, 내가 이것을 깨닫기 위해 이준호, 김정아 사이에 태어나고 사랑을 듬뿍 받고, 미국으로 유학 와서 신민식을 만나 신달마, 신동수를 낳고 지금까지 살았구나 싶어요. 그 어떤 하나의 순간도 없으면 안 되었을 소중한 경험들, 괴로웠건 후회스러웠건, 즐거웠건, 슬펐건 간에 지금 나, 이승희라고 이름 붙여진 우주의 법, 에너지를 찾게 해 줬구나 하는 생각이 듭니다.

해탈이란, 내가 갖고 싶어 했고 어서 벗어나 달려가고 싶어 했던, 어디 멀리 있는 것이 아니라, 밤늦게 라면 먹고 자는 업의 결과가 다음 날 속 더부룩하고 얼굴 탱탱 붓는 카르마인지라.

이 업을 좋게 만들어 가며 많은 사람들이 순간순간의 해탈을 느낄 수 있게 되면, 내가 염려한 우주의 미래도, 우리 후손들의 미래도 좀 더 나아질 것 같다는 생각이 들어요.

　잘 관찰해 보면 욕심, 허영심, 무의미도 우리가 만들어 놓은 거잖아요. 내가 만들었어요. 자연의 법칙은 그래도 묵묵히 돌아가요. 그런 자연의 법칙 아래 우리가 덕을 보면서 우리가 신인 줄 착각하고 있으니, 아무리 지금 우쭐해하고 내가 조정한다고 생각하지만 우주의 법칙은 다시 돌아가게 돼 있잖아요. 그래서 저 날마다 좋은 날, 날마다 순간순간, 제가 만들어 놓은 선업이든 악업이든 기쁘게 받아들이고 감사하게 살 거예요.

　엄마 아빠께 감사드리고 내 가족에게 감사드리고 내 주위의 풀 한 포기, 나무 한 그루, 나보다 더 인의예지를 따르는 자연에 감사해요.

　아빠, 아빠가 행복하셔야 저희들도 행복해요. 누구를 위해서 살지 마시고, 아빠를 위해서 사셔요. 인생은 의미가 있는 듯해요.

　그것 아세요? 어른이 되어 사회생활을 할 때 제 처음의 지침서, '어디서든지 반드시 필요한 사람이 되어라.'

　아빠가 항상 하신 말씀이에요.

　아빠 '이준호'라고 이름 지어진 밝은 에너지, 우주의 에너지가 이런 멋진 영향을 줬다는 것을요. 파이팅, 아빠!

승희 드림

꽃무늬 앞치마 두르고

| 펴낸날 | 초판 1쇄 2016년 7월 25일 |
| | 초판 2쇄 2016년 12월 1일 |

지은이   김정아
펴낸이   서용순
펴낸곳   이지출판

출판등록 1997년 9월 10일 제300-2005-156호
주 소   03131 서울시 종로구 율곡로6길 36 월드오피스텔 903호
대표전화 02-743-7661 팩스 02-743-7621
이메일   easy7661@naver.com
디자인   박성현
인 쇄   (주)꽃피는청춘

ⓒ 2016 김정아

값 13,000원

ISBN 979-11-5555-048-9 03810

이 도서의 국립중앙도서관 출판예정도서목록(CIP)은 서지정보유통지원시스템 홈페이지
(http://seoji.nl.go.kr)와 국가자료공동목록시스템(http://www.nl.go.kr/kolisnet)에서 이용하실
수 있습니다.(CIP제어번호: CIP2016016848)